*Utgivarna av den här boken arbetar
gemensamt för en ordnad tillvaro
för barn utan skyddsnät.*

LIFE!

© 2019 Nehrer, Mikael
Utgivare: Sweid Holding AB
Förlag: BoD – Books on Demand, Stockholm, Sverige
Tryck: BoD – Books on Demand, Norderstedt, Tyskland
ISBN: 9789176997666

Prolog

Så mycket bättre;

"Hela livet är pinsamt !"

Så uttryckte hon det, tonåringen,
direkt, litet leende.

Att älska på riktigt ger dig allt du behöver,
och mycket mer, oändligt mycket mer.
Att känna det, genuint, är att bli hel, och få liv.

På näthinnan fångas livet uppochner, vid första anblicken.
Hjärnarbetet vänder intrycken rätt.
Du är ditt livs bäste ledare, med intrycken formas Du och tillvaron.
Du kan ge någon annan person chansen att visa dig hur och varför.
Resultaten av allt ditt arbete för det goda är bara en del av lönen.
Du kan ge åter och så vidare.

Det är Du som gjort den här boken möjlig, intresset att vårda livet
självt, på riktigt. Jag älskar Du! Någonstans, inom, är Du, alltid.

Mikael Nehrer, november 2019.

Av en tonåring,
något yngre...

o
Resumé

Så mycket bättre;
"Hela livet är pinsamt !"
Så uttryckte hon det, tonåringen, direkt och litet leende.
En replik i vår enkla konversation där vi båda ifrågasatte, på ett kul
sätt, vad vi egentligen sysslar med. Allt vi gör är fullt av möjligheter,
men ändå blir vi ofta kvar i betraktandet av meningslösa detaljer
utan att se helheten. Vi har datorer, ipad, smartphones, tv, tekniska
prylar, gadgets, nästintill hjärntvättade, indoktrinerade av nyheter,
marknadens varor & tjänster. Utsikterna blir flackare, panoramat,
känslorna inom. Hjärnprogrammet slår av och på, oavbrutet.

Hela livet är pinsamt, för den som inte kan se eller känna vad som
är påtagligt gott. Det blir ett tafatt pysslande med sådant som inte
behövs, allt bevakande av app:ar, applikationer, "poddar" /podcasts
genom digitala nätverk m m, liksom att sortera sina skosnören
efter färg och längd, vika broderade handdukar så att dessa
monogramprydda äfsingar får plats i en byrålåda, ställa den nya
tandborsten prydligt i den där födelsedagsmuggen, hopplöst
otymplig, som du tog emot men inte visste var du skulle placera,
klippa gräsmatta och buskar i generande exakta former, producera
smakfattiga, överambitiösa, snittar eller putsa, vaxa, bilen så att
den blänker av rengöringsmedel som sköljer bort växtdelar och
insektsrester. Rengöring till skada för miljön. Allt det där som vi
gör för att känna oss behövda, iordningställa och må bra.

Det kan bli kostsamt, att vi inte förstår vårt sanna värde, eller hur ?
Bland det mer oangenäma finns de påtvingande attityderna, kraven
möjligen, mot någon annan, som vi ger något de varken vill ha eller
saknar än mindre bett om. Välmåendet har enklare konstruktioner.
Arkitektoniska livsbyggen.

Det sunda naturliga vi är, hälsan, hämmas av att vi tillåter oss
styras materiellt, substantiellt. Utmaningar, som första, största
förälskelsen, en viktig arbetsintervju, ordna fest och så vidare, blir
underordnade i våra känsloliv, mer än vi förstår.

Visst, mycket uppstår naturligt när vi mår bra, låter det leva precis som det ska. "Det blir som det ska", säger några. Någon kanske undrar när vi begriper orsaken till "det blir som det ska", varför det händer. Svar finns i resan mellan hjärta och hjärna, våra inre rum.

Vad behövs egentligen för hälsan?
Med erfarenheterna, hemligheter, öppningar, luckor, dina olika inre rum med god variation ser Du. Livet, det vackra stora, finns så det räcker för oss att vara i, ämnade att uppleva. Vad vi inte alltid gör är arbetar tålmodigt för det vi tror på, påverkade av vår omgivning som tycker, påstår och som av sin situation, egna ideer, behov, krav, önskningar har svårt att glädjas för sin skull, kanske till och med för vad Du har eller är värd.
Interaktioner mellan rummen.

Det händer, att vi inte begriper.
Förlåt, de begriper inte bättre, säger livsoraklet, kärvänligt.
Så mycket bättre då, när vi ger oss själva chansen att inse möjligheter, orsaker och följder.
Då blir livet inte så pinsamt. Det får sin mening.

I raderna som följer här presenteras typiskt nog en personlig beskrivning av livet, delar som många säkert kan känna igen sig i någonstans. Vi har alla del av en större verklighet, i en helhet, med våra inre känslosamma sökanden. Utan galenskapen, idioti, liksom att med samma vägval tro på andra resultat än förra gången, missar vi själva underhållningen, synd (grekiskans missa målet, fritt översatt. Idiot, idios får stå för "egen").

Sätter du prefixet "van-" före makt händer det grejor.
Det kommer mera...

1
Teorier - tankar

Tänk dig så här;
Den du älskar, lärt dig älska mest säger till dig en dag: "Jag vill inte
ha någon kontakt, ingenting! Jag tycker inte ens om dig längre !"
Visst, som den du är kan du gå därifrån efter att ha konstaterat att
det kändes bedrövligt. Någon gång ska du visserligen kämpa litet
för att bemöta den affekt som orsakat uttrycket, vilket rimligen inte
kan vara så negativt som det först kan verka. Klassiskt!
Vi utgår ifrån att en person säger vad den menar, men så är det inte
alltid. Du väljer att låta bli kontakten tills den du älskar hör av sig
igen, för kärleken säger det. Den är outgrundligt tålmodig,

Vad händer? Fortsätt, tänk dig vidare;
Du blir av med ditt arbete, står utan inkomster. Dina vänner drar
sig undan, och du isoleras från alla sociala sammanhang som givit
dig någon sorts innehåll, utan att någon gjort något särskilt emot
dig. Det händer ändå. Vad är syftet? Det blir som det ska, sa någon.
Vad då? Du, som alltid försökt värna om andra, dig själv i och med
det, och verkligen försökt ställa saker rätt för andra, dig själv i och
med det. Varför ska du behöva stå ut med att behöva hålla tillbaka
ännu mer? Plötsligt öppnas vägar på andra håll, många som du inte
väljer, för du skulle inte ens valt dem förut. De är ointressanta
för dig, uppskattningsvis. Vem vet, kanske är det klokt. Känslan
säger mest. När känner du igen, känner du efter eller är det för
svårt ? Äsch, du vet, inom dig vet du. Oavsett hur mycket du blir av
med, hur mycket du än blir ifrågasatt, har du ändå kvar inom dig
vad som betyder något. Känner du ?

Tänk,
Du blir av med ditt hem, dina saker städas, säljs, något av vad du
haft slängs bort av andra som inte vet vad det kan innebära, vad det
är, eller hur du kan drabbas. Du får inte träffa dina barn, för några i
deras familj tycker inte att du ska göra det, så länge andra i familjen
gör anspråk på dem. Dina barn kan inte vara med dig så mycket.
Då kunde missbruk, beroende eller psykisk sjukdom bryta ut, men
om inget av det händer, vad händer då?

"Det blir som det ska", säger någon på sin dialekt. Uttrycket blir förmenande. Ironin ser ut att flina emot dig överallt, samhällssatir. Är du den du ska vara, tänker du? Är du något annat? Hur kunde det bli så där? Något måste du ha gjort, eller inte ?!

Överslag.
Är det något du borde ha gjort istället för att slippa stå ut med att bli berövad allt, ditt hem, riskera dina minnen, och senare närheten till den du älskar, utom kärleken som du ändå har kvar inom dig. Förunderligt att kärleken alltid lever, vidare. Du förtjänar, jobbar för det goda som väntar in rätt tillfälle, din insats.

Är det billiga försvar? Intellektualisering?
Nej, intellektualiseringen är känslofattig, könlöst dyster och byråkratisk. Rationalisering är bara efterkonstruktioner, och det som inträffat har faktiskt hänt. Dessutom är det fallerande att ändra på sådant som är bekräftat så säkert att det verkligen kan användas till din fördel senare. Är det den insikten som givit dig drivkraften framåt, vägen, och lärt dig ta vara på stunden även när det går snett runt omkring dig?

Exempelvis,
som när en av dina bilar får förarrutan inslagen, krossad mitt i kalla februari, utan att din viktigaste ägodel i bilen försvinner. Det var ju den lilla brandgula ryggsäcken, som finns kvar än, som betydde något och gömde värden i sig. Det märkliga är att din andra bil, på annan ort långt söderut, kort efteråt fick två rutor inslagna där den stod parkerad utan registreringsskylt, som polismyndigheten tog lagenligt eftersom skatten var obetald när du körde från verkstad där din bil stått tryggt parkerad sedan mer än två månader. Bilbatteriet försökte någon koppla loss, dessutom, utan framgång. Du ringer bärgare som kommer fram till din bil nästa dag, då du för dagen arbetar på annan ort 50 km bort. Bärgaren meddelar att de inte kan ta med bilen eftersom beskrivningen inte stämmer. Ytterligare en bilruta var nu inslagen, utan att det som betyder något var bortfört. Väskan med privata användbara tillhörigheter är kvar än. Det som verkligen betyder något finns kvar. Hur ordningsmakten, som beslagtagit registreringsskylten,

lyckats missa, eller släppa, samma bil 100 km bilfärd och råkat möta upp under sin sedvanliga runda på en liten ort i Sverige, utan att du fått böter på vägen, är intressant. Det har hänt, utan bortförklaringar eller rationalisering. Bilarna som beskrivs här är för övrigt i god körbar kondition även idag.
Det kommer mera...

Mitt i ett äventyr !
Det är sångtiteln, som kunde vara i ditt liv. Vad är det som gör din alldeles självinlärda tillvaro så spännande och innehållsrik, om inte allt du känner blir upplevt? Visst, tråkigheter och tomhet som uppstår kan göra ont. Ändå, är det ofta just det som gör att vi upptäcker våra verkliga behov och vem eller vilka vi är.

Men, risken att du inte klarar av, orkar eller vill förstå känslan i motgången kallas affektisolering. Då kan du istället få tillfälle, påtvingat givetvis, att lära dig hantera livslång ångest i sorg över förlusten av allt värdigt som du tidigare försökte hantera pragmatiskt med samförståndslösningar och eftertanke.
Känslan, den svåra, är nödvändig att förstå för att kunna hantera nästa tradiga situation bättre. Friktion i många reaktioner.

Reaktioner i alla fall, knutet;
Treåringen sa: ”Åh, han hade röd näsa...! Jag skakade å skakade...”
Inlevelsefullt, lite lagom darrig, beskrev barnet storögt sin första verkliga närkontakt med jultomten, förankrad i en ny upplevelse. Autenticitet. Rädslan för något normalt onormalt, Santa Claus, förebilden ärkebiskop Nikolaus som gav gåvor till fattiga i medel-tidens Europa och senare i barnens välputsade skor. Att jultomten sade sig vara 783 år gammal tände en del ljus över situationen. Stämning. Jolner omnämndes inte, Odens julande. Förväntan. Skräckblandad förtjusning. Rädsla utan bestraffning är hanterbar, såklart ! Den gången, att begripa ögonblicket med ditt barn, att värna om tryggheten, ger ovärderligt innehåll. Porträtt.

Det goda minnet beskyddar, det lilla. Till och med kameran kunde användas rätt, den gången. Förevigande teknik på rätt sätt.
Återses.

Tänk dig sedan det här, som händer;
Du kommer hem en dag och din familj är borta, utan meddelande,
utan besked om var, när eller varför. Var det meningsutbytet vid
morgonkaffet, eller en akut sjukdom? Bortrövade, kidnappade, är
dina känslor nu. Du blir mållös, tom och undrar vad som ska
hända nu. Du vet vad ni sade, i ögonblicket, båda vet. Men, inser
du, mottagande part, lyssnaren (läsaren) uppfattar inte alltid
avsikten. Det kräver väldig närhet och personkemi, du vet, att vara
nära. Somliga kallar det synkronisering, "synka". Närheten är
grundat bestående, även när någon blockerar, anger för
trakasserier efter vad skäl som än kan uppfinnas. Det enda verkliga
är att prioritera vad som betyder mest, just då: din familj !
Röstmeddelanden och SMS når sannolikt fram, utan att du får
svar. Tålamodet prövas, fostrande. Syftet att provocera dig med
olika metoder är misslyckat när det saknas konkreta
angreppspunkter och du är ren inom, för barnen i alla fall. Även
om det är "osynkat" kunde barnen få ha sin kontakt oförstörd,
orörd. För de är du ingen paria. Hållhakar ? Vem sysslar med
sådant? Manipulationer, vanmakt, "von oben".
Vem har sagt något?
Är det en test?

Du har inte riktigt reflekterat över vad anledningen är eller ens
tänkt ut annan allvarligare orsak. Dina barn saknar dig, ropar efter
dig till besvär för den eller de som försökte få dem på bättre tankar.

Så mycket bättre, de kommer hem, naturligtvis, efter ett dygn på
annan ort. Du blir inte ens arg, har inte hunnit med det. Borde du
bli det för att visa att du bryr dig, eller räcker det med lyckan över
att se dem igen, omslutande? Det uppfattas så olika. Varför ska allt
förväntas bli på ett visst sätt, när det finns så många variationer?
Om du reagerar, och tillåter känslor slipper du genomlida livslång
sömnstörning, ätstörning samt ångest; fair enough ! Om inte det
vore en totalt självbedräglig inställning att det inte har inträffat,
alltså genom bortträngning som dominerande självförsvar hos dig
vid svåra situationer, när du tänker: "sån't händer" utan att orka
inse situationens allvar. Du undviker smärtan av förlusten, sorgen,
genom att endast koncentrera dig i stunden mer än på vad som
egentligen orsakat din ofrivilliga ensamhet under ett dygn.

Ändå är det här bara början på idag tio år med oklarheter, post från inkasso, polis, myndigheter, domstolar, orsakat av en utdragen och upprepad vårdnadstvist där motparten försöker isolera barnen från en väsentlig del av sin tillkomst, dig, trots att ingen, ingen, kunnat bekräfta något konkret skäl. Allt det på grund av ett futtigt uttryck vid ett innehållsfattigt tillfälle.

Du är märkt, bannlyst, förbjuden...
Tatuerad Tabu, fr polynesiskan, Tongaspråket. Heligt eller ej, spelar ingen roll. Barnen behöver ditt engagemang, väsentligt, och du arbetar för det, tabu eller ej, tatuerad eller ej.

Upprepningstvånget, att du försöker påminna dig och återuppleva för att kunna hantera situationen, slipper du när det kommer nya förelägganden lika punktligt som oönskat varje månad, även när du erbjuder ersättning, ekonomisk kompensation till den det berör, och att få det förankrat, underhållet. Du får stå för allt du säger, allt du gör och ständigt tror med hoppets hjälp (Annullering, som när dina förklaringar i ord ger en bild av) att alla andra också behöver göra det. Lugn, det kommer, i deras liv, (annullering igen), när de är redo för det. Lite störande är det när du tvingas inse att du sagt eller gjort fel, eller hur !?

Reaktionsbildning är en annan finess i vårt inre försvar.
Om den röda näsan, utan rysningarna i kroppen, berättar barnet. Den dämpar helt enkelt alla förbjudna känslor och lyfter fram motsatsen. Då slipper du känna något ansträngande alls, kan du inbilla dig, kanske. Det låter praktiskt, men kan bidra till en del underligheter i ditt liv och andras. Särskilt märkbart är det i relationer när du i ditt tysta lidande förutsätter att din medpart, senare sannolika motpart, skall vilja förstå hur du känner, tänkte eller vill tänka när du undviker ett för dig känsligt eller opassande ämne. Istället för att visa hur besvärad du är, inför en oförstående omgivning, kan du bjuda på god atmosfär och hemlagat för en trevlig pratstund.

Det är förstås skillnad om du verkligen vill undanhålla viss information, men, då är det inget problem för dig !

Den passivt aggressive kommunicerar sedan ordlöst utan att inse
att det är ett armerat skydd mot självskada, och skickar sina
negativa energier effektivt underförstått mellan raderna, i tysthet
eller genom att gå undan, när det mogna konverserandet är mycket
enklare på en gång. Säg vad du vill. Var beredd på svaret.
Hur blir det?

Så här;
Det där banklånelöftet på 100.000 kronor som fanns var inte
samma som banklånet. Ett löfte innebär en möjlighet. Det nådde
ingen samförståndslösning. Det ifrågasattes bara, ditt omdöme,
utan någon ambition att vilja förstå att se skillnad på löfte och lån
var för sig. Typiskt ! Det blir ett äventyr, livet, och ganska pinsamt
när vi vet orsaken. Du ska reagera, men, du får inte säga åt de andra
eftersom de bör nå insikten själva. Här är charmen med relationer.
Så mycket diskussioner, inkännande och instinkt vi behöver släppa
fram för den goda saken.
Den goda saken, vad är det?

Konkurrens.
Ordet betyder i grunden "tillsammans", "springa". Den springande
punkten är barnen. Era barn, ingen annans. Denotationen,
ordstammen i sin verkliga betydelse används på annat sätt.
Konnotationen i konkurrens, -utsatt, avslöjar. Con, currens.

Vi tävlar, "con curso" , om de oskyldiga små!
Affärsidé, konkurrens, konkurs. Banken lever på det. Uträknande.
Barnen, familj, samhälle. Det lever, för dig, den goda saken.
Barnen är beroende av det. Inräknade.

Du ägnar tillvaron åt problemlösning, så gott du kan. Text i mängd.
Denuntiaton, överlåtelse, vem tar över? Du har kvar att arbeta för,
i alla fall. Problemlösning. Avtal?

När parter kommer överens är kompromisslösningar begränsande,
för ingen part blir helt nöjd. Den som frågar förväntar sig ett svar,
tillfrågad svarar något annat. Uppfattningsförmågan färgas av
attityder, förväntningar, möjligen plumpt illasinnade påståenden.

Osökt relaterat till ett annat liknande förståsigpå-resonemang; Åldringens obligatoriska runda, 20 minuters promenad varje dag, har till uppgift att hålla igång systemet. Acklamationer, hurrande, över så aktningsvärd ålder med ringa krämpor ger ingen nämnvärt imponerande respons hos en fullt lucid, närvarande veteran, kring 90 års ålder, som söker smärtfrihet, och frågar oförnärmat leende tillbaka: "Nöjd nu? Vem avgör det?" Ett nyp i kinden. Förväntan har en riktning, svaret en annan. Det blir oklart. Åldringen söker smärtfrihet, vårdaren låtsas förstå. Avtalet bryts, signalerar inkompatibilitet, oförenliga intressen. Problemlösning, i en ny dimension. Oprecisa avtal. Vem avgör ?

Alltså,
Dina barn betraktas som ägande, possessivt av motparten som inte alls vill samverka så länge du inte låter dig kuvas, inte lyder allt som sägs. Outtröttlig, med en ambition framåt, arbete, fritid, tvätt, engagement, ensamma bilresor 1000 km enkel varje vecka med lika lång retur samma vecka. ytterligare 3-5 timmar extra varje helg blir det till en vana under några år, tillbakalutad på vägen. Varför gör du det? Självklart, för dina barn. Själv? Så klart!
Rationalisering? Nej, nödvändigt.
Rationellt? Nja, lägesförbättring.
Hur kunde det bli så? Uträknat, du skulle vara uträknad.

Med idealiseringens hjälp försöker du intala dig att motparten, och övriga i närheten, nog kommer att vilja (tvingas, om du vore mer realistiskt förankrad) samverka till barnens bästa, som det så fint heter. Du är nära att lyckas med bedriften verklighetsförvrängning, med ett snabbt och primitivt konstaterande, när det var meningen att du skulle få gå en lång, en mycket lång väg för att komma rätt och återfå kontakten med era gemensamma, även dina, barn.

Barnen visar oförställda sin lycka när du dyker upp, ännu, när de är för små för att låta ord påverka deras känslor, även andras ord som uppenbart är till för att hålla era barn ifrån dig.
Rikedom, förmögenhet eller förnödenhet, inom.
Du ger dig liv inom.
Sammanhang.

Om du vore oförmögen att inse det verkliga skulle du snabbt ha drabbats av olika åkommor, i utsiktslös konversionshysteri som kan ge magplågor, eksem, självtvivel, med självföraktets nog mer kännbara än det onödiga nagelbitandet som för att hålla dig vaken under de långa nattliga bilresorna. 'Det är "jämnan" som drar'. Något distanserande, nedvärderande missar du en del av poängen med att få arbeta för det som betyder allra mest, kärleken, till Era barn i synnerhet. De bryr sig inte om hur mycket pengar du har, hellre bara att få ha det bra och ha vettiga, roliga aktiviteter. Du annullerar mera, javisst, allt på en gång, förenklar, förmildrar och låter det önskvärt troliga regera, medvetet.

Möjligen har du överskattat dig.
Din vänlighet framstår bara förlöjligande som i direkt självförnedring, underkastelse, likt en dörrmatta kunde någon tycka, och nog är du förlåten även den bristen på självdistans som läget var. Vad hindrar dig från att bli sådär återanpassad, försagd och vänta på marsch-order innan du arbetar på? Regression tycks sakna grepp, för dina barn ger dig säkert frisk energi med spontanitet, glädje, sin lycka över att få vara med dig som en del av hela deras tillvaro, sin familj, i alla fall några gånger i månaden. Du tar hand om barnen som vuxen, mer än som ett barn, alternativt. Det tar tid, fungerar vid upptäckt, mognad.
Härdad ? Absolut. Vuxet, präglat, motiverat.
Resolut.

Apropå härdning, hårdhet, sorterat av Överingenjör J A Brinell, vars namngivna Brinellskala ursprungligen användes för att mäta motstånd mot plastisk deformation i mjuka och medelhårda material. Livets kantigheter härdar, prövningar uthärdas.
Hjärnans plasticitet gör den formbar, ohärdad.

Men, vänta, barnen...
Du mjuknar, för det blir glesare och glesare kan det visa sig.
Känslor.
Först blev du anklagad.
Överdrivna, kategoriskt fiktiva påståenden avskrevs direkt utan påföljd. Münchhausens kanonkula är redan uppdiktad.

Amsagornas berättare har brist på fantasi tycks det... Sagan om jultomten som är bearbetad, har redan placerat sig på näthinnan, uppochner, speglad.

Därefter följde ifrågasättanden, ett antal rykten, som även när du stod till svars för vad du gjort, för att få stopp på allt obefogat, seglade upp av vinden någonstans ifrån. Några indrivningar av medel, tidigare i godo överenskommet om, ställde till det ytterligare samtidigt som du höll ned kraven på vad som var ditt, något återhållet som reviktimiserande och själv-destruktivt. Nu är det motpartens krav som via myndigheter använts för att alstra ett impermeabelt (ogenomträngligt) hinder emot dig, en brandvägg, för att helt isolera dig från era gemensamma skyddslingar, era barn.

Vad är problemet ?
Du får bara ta ansvar för dina känslor, behöver fatta helheten, mer av den, för att sansat inse och råda över din egen tillvaro. Det är därför du fortsätter oföränderligt med allt som kommer att ha betydelse senare, kan det visa sig. Att freda sig, fredligt.
"Det blir som det ska", säger någon.
Dessutom var du i det läget tvungen att arbeta för att hålla igång livet i övrigt, fortsatte att köpa bättre begagnade bilar av andra som behövde pengar. (Altruism, spontan generositet neutraliserar flyktbeteenden). Limiterad, otillräcklig finansiering till drivmedel som bilar behöver för att rulla innan motorerna skär. Ångorna räcker inte riktigt till för alla cylindrarnas kompression. Är det en test, självtest? I så fall snubblande nära omnipotens, men nej, sådant saknar drivkraften i den sanna kärleken till de familjeband barnen förmedlar. Arbetet för barnen ger väldig energi, utan tvång, friktionslöst, utan repetitiva mönster, när målet är de tillfällen du äntligen får se de som betyder mest, era barn. Fokus på vägen, kärleken till era barn. Ett effektivt motmedel, alternativet till all ångest som annars kan uppstå. Du tog dig så långt du kunde, fullföljde alla uppdragen, varje gång, betalade av kontinuerligt.

Det ger energi !
Det ger mera...

Klyvning, splitting, där du inte orkar se sanningen kunde vara en fara, om du inte erkänt ditt läge, att det du saknade mest gjorde dig så mycket gott att få vara nära. En sak i taget. Det gäller. Lugn, någonstans finns en ro, en tillitsfull insikt, att det kommer att ordna upp sig, till slut. Idealisering. Tro alla om gott, visst!
Med den förenklingen hjälper du inte bara dina lojala, genuina vänner till irritation så de betraktar dig insnöad, imbecill, mindre bemedlad. Du orsakar också total vrede hos de som du idealiserar indirekt när de uppenbart verkat för att krångla till det för dig, få dig agiterad, utelämnad och fylld av bitterhet.

Det gör komedi av allvaret. Humor kanaliserar, lättar upp stämningen, det dråpliga i eländet. Du tar dig för pannan, skrattrynkorna lever om, så länge era barn verkar må bra.

Kompensation saknar plattform när livet i övrigt kräver en hel del av dig, fokus, huvudarbete, dina redan etablerade åtaganden. Kompensation, att försöka övervinna sina svagheter genom bekräftelse inom nya områden får inget utrymme i en redan planerad situation, rigoröst styrd. Några aktiviteter, konstgjorda substitut, små inpass kan göra att du flyr litet, drömmer dig bort. Eskapismen är rätt behaglig, så länge du vet varför och kan låta tanken ge goda känslor. Du andas.

Förskjutning, en uppenbar repulsion från obearbetade rädslor eller vrede över ett knepigt läge, ger lätt upphov till obefogade attacker mot en helt oskyldig butiksexpedit, som visserligen kan ha sagt något olämpligt, men är en uppenbart helt ny främmande bekantskap. Det tillför inget ytterligare när behovet är att hålla stringens, vara vaken och klar i tanken, och med det engagerad för den goda saken, långt ifrån apatins tomma mörker. Ensam, då vet du vem du är, på riktigt. Du drömmer.
Det vore orätt, och lite avvikande, att börja med en självisk analys av omgivningens eventuella egenskaper när de kritiserar dig grundlöst för sådant som faktiskt inte har hänt, av deras önskan att du ska uppträda klandervärt äntligen. Deras projektioner kan ha omsatts i förnekelse, att de vägrar inse vem du är. Men, har du förstått det ? Förnekar du vem du är, vad som hänt ?

Vad som återstår är möjligen deras projektioner med någon idé att du skall uppträda vanskligt, på sätt som du har svårt att föreställa dig, omedvetet undanträngt eller uttryckt. Då blir du syndabocken, och kan naturligtvis projicera tillbaka precis som trängda människor gör. En ömsesidig nedvärdering skapar oro, agitation och en del mindre genomtänkta handlingar, utan att någon bokstavligt spottar ut det.

Orkar du, eller dissocierar du i total kapitulation över att allt du gör framhålls negativt och problematiskt, kaotiskt? Om du klarar pressen över läget, möjligen stressfylld i ditt sökande efter lösning och svar, behåller du åtminstone din medvetenhet associerad just då, i stunden. En lösning när allt blir för jobbigt är när du helt enkelt i ditt sinne ser det tragikomiska i situationen.
Hur kunde det bli så, där?
Humorn som positivt drivmedel rätar ut, om den är sansad, balanserad. Sublimeringen "à la nuisance", i ditt tillåtna känsloliv med erotiska undertoner vaknar upp. Förföriska klangbilder väcker oväntat (o-)önskade, (o-)tillåtna konstellationer under pressen, så det omtolkar du alert till ett detaljerat analyserande av människors bekräftelsebehov, sjunger ut, konstgjorda dialoger för din med-/ motpart, vederbörande, som du troligen tappat lusten till för länge sedan. Sigmund Freud beskriver karaktäristiska beteenden för neurosens primitiva försvar, maladaptation. Följderna sedan friskt förklarade, liksom hur de oneurotiska potenshöjer, inifrån solida jaget som modulerar, kulturanpassar uttrycken. Konsolidering. De oneurotiska försvarar sig bättre, löser upp, redigerar, frigör oron effektivare. Neutralisering. Neuros som begrepp lanserades av William Cullen 100 år innan Freud, och nu heter det psykisk ohälsa f övr. Dåtidens Münchhausen, med kanonkulan, blir nu för tiden graverande allvar, Münchhausen by proxy projicerande den egna smärtan på det oskyldiga barnet. Surrogat. Seriöst...

Bonobo-apor (Pan paniscus) attraherar kanske psykodynamiker, efter Freud, för de hanterar konflikterna på sitt sätt. Sublimering, djuriskt enkelt. Beteeenden anpassar. Behaviourism, har studerats naturvetenskapligt, grupper av apor.
Theory of Mind. Mognad.

Stabilitet i ett samhälle påverkar individen.
Men, några skyller på samhället.
Stabilitet hos individen formar rätt.
Men, känslolöst håglös blir kravlöst formlös.
Passion. Mognad. Häpnadsväckande livsbygge.
Arkitektur, ledigare.

Objektrelationsteorier har psykologen Melanie Klein beskrivit hos
de allra minsta, opponerande Freuds läror, kompletterar en del
hennes samtide Jacques Lacans analyser om våra tre stadier. Via
anknytningen, näringen, får vi den intuitiva förmågan att skilja på
gott och ont. Den röda näsan, jultomtens, var oviss signal till
barnet, som därför reagerat osäkert, god eller ond?
Sublimering befriar, förlöser, förvånar, fägring stor.
Det underlättar bearbetning av djupa intryck.

Argumenten för acceptance and commitment theory, ACT, släpper
fram energitjuvarna, allt det ansträngande, hämmande, dämpande,
supprimerande, inhiberande. Energitjuvar! Spara, istället för slösa.
Du riktar effektivitet till det positiva, utvecklande, motiverande.
Primärt struktureras intryck, adaptive control of thought model,
förkortat ACT det också, beskriver symboliskt skaparlusten,
hjärnans indelning i inlärd kunskap, språk, deklarativa (medvetna)
minnen respektive kunskapsprocedurerna för att använda minnet
rätt, samordnar sinnen, kognitiva beteenden. Eliminering efter
riskanalys. Internrevision. Intervention. Ord, massor av ord.

Theory of Mind, förklarar successiv mognad att värdera skillnader,
mellan människor, i sättet att tänka. Evolution. Revolution.
Spädbarnet urskiljer gott, definierat direkt som närhet.

Frekvenser. Tankarna vibrerar.
Bäring. Tankarna anger riktning.
Förtydligande modeller.
Vetenskapliga experiment.
Signalement.
Teorier, analyser och symboler förklarar olika.
Förvirrande?

Konsensus;
Enklare mål, tydlighet, klarhet ger mindre huvudvärk.
Den huvudvärken är inte i närheten av somatiseringen, som är
utbredd i andra kulturer där det psykologiska panoramat inte fått
samma argumentationsteknik som i vår västvärld, Sverige.
Konversionshysterins huvudvärk tar ett annat uttryck, vilket är allt
annat än spännande. Psykosocial stress är rimlig orsak att ge upp,
regression, att få bli omhändertagen för omhändertagandets skull
mer än för sina riktiga behov. Det ger mindre. Stress kan bidra till
lätt paranoiska föreställningar som Du trollar bort genom ditt
aktiva arbete för den goda saken, trygg tillvaro för barnen. Barn
mognar, genom processen individualisering.

Under utvecklingen uppstår andra konflikter hos vuxna,
förståsigpåare, (förhärdade, höga Brinelltal?), i komplicerade
försvar som blandas, förvanskar, när känslor attackerar.
Du attackeras. Självförsvar. Identifikation, s k introjektion
attraherar bara självföraktet; Du, någon annan?

Essens;
Med några särskilt utvalda reella händelser är beskrivningarna
ärliga försök att i första kapitlet åskådliggöra våra psykologiska
försvar, termerna skönlitterärt fritt tolkade, förhoppningsvis
begripligt, för diskussion. Du som inte vill läsa mer i storyn,
fortsättningen, kanske skapa din egen på en gång, kan ge bort den
här boken nu, alternativt med nyfikenhetens läslust ta med dig den,
en ny berättelse på din semester i den mysigt uppvärmda
timmerstugan i behaglig miljö, kuperad terräng, genom klara
vatten i oförstörd mark, till några bekväma ögon att se djupt in i,
vila, ge kärleken friheten.
Ledigare.
Sinnena.
Elementen.
Känslorna, kärlek - sanning - hopp, hänger ihop, verkligen.
Kärleken är fiffig, som några barn kunde uttrycka det, eftersom den
alltid finns utan att tvinga sig på, leder bara vidare, låter oss vara,
existera. Passionerad längtan är glöden, dess eviga energi.
God läsning, det kommer mera...

2
Tilltalande - tilltalad

Hej!
Äntligen ses vi igen!
Det är lika förväntansfullt mysigt varje gång. De lekfulla ögonen strålar, spontant aktiverade av allt som ska sägas, hur det går, vad vi gör och ibland med litet blygsel när det dröjt mellan gångerna vi ses. Det är bärande, livgivande och hoppfullt
Men, livet är pinsamt, som hon sade, tonåringen, fundera litet till. Backa lite från idag, bromsa och betrakta.
Där söker vi svaren på livets gåta. Spinner. Spindelväv.
Då, när det gick snett, på mer än ett sätt, var ändå riktningen stadig framåt. Ni vet, när ett tungt drivhjul ångar på, med en riktning och sedan styr snett, då blir det merarbete att kränga tillbaka.
Så skulle det bli, för att ställa i ordning.

Tillbakablicken, innan:
Tidig februari, i friskt kylig morgonluft, på "manchester"nypistad natursnö, nyvallade skidor, slipade stålkanter och riktigt pigga fritt utför på stora runda skär i backen, lika höga som vintermorgonens klara himmel. Den här dagen, sade någon, kommer inte tillbaka.
Så är det. Den dagen är unik, med det fantastiska skidföret och alla tio totalt med på banan. Alla underlag utmanar, nytta, balans, mitt i livet. Nöjd över det fortsätter vi livet, som de individer vi är, alla på olika sätt. Ändå sökte vi vidare, till livet. Något inom sökte helheten fortfarande, även med den så totalt ordnade situationen med bra jobb, bra möjligheter och livslust. Det var 1996.

Med fria val följer ibland misstag. Drivet framåt gör dig en stor tjänst, när nya möjligheter uppstår. Du skapar, "din egen lyckas smed" kan det heta på gammalt vis. Verkligheten överträffar fantasin. Det fina är att du inte vet innan. Det vi inte vet lider vi inte av direkt. Hur blev det sedan?
Den som har hund kan känna igen hur hundar gnager på skor, tofflor och annat erkänt flyktmedel, för att fostra sin fodervärd att hålla sig hemma, inte fly. Att flytta är helt i sin ordning, om du kommer ihåg att ta med dig själv, och hunden... Förväntan.

Flytt, och jobb, relation och fest, separation, ganska enkelt processande med korrespondens utan något annat. Livet fortsatte, flytt igen, jobb, relationer, fest och jobb. Ny relation, flytt, barn, arbete, barn igen, separation, igen, en betydligt mer komplicerad och långdragen process när barnen är fokus. Barnen är livgivarna så länge du ger dem trygghet, kärlek och omsorg på riktigt. De är här för att lära oss någonting, precis som Du kom för att lära Dina föräldrar någonting, men det heter inte så. Det är ju som föräldor du lär barn, kanske genom hur vi är eller, snarare, hur vi inte är. Hur mottaglig är Du? Här snurrar det bara på, jobb, egen business, flytt, valmöjligheter, balansering, vänner kommer och går, fast de sanna vännerna, upptäcker vi, finns kvar oavsett hur lång tid det går. Carlo Rovelli , en italiensk vetenskapsman , fysiker, som verkat i franska Marseille, har visat att tiden verkligen är relativ, variabelt oprecis, obestämd.

Den nervösa människan, med sitt kontrollbehov, räknar minuter, sekunder och förbehåller sig rätten att förstå allt, utan att begripa någonting ! Då och nu hänger ihop. Häftigt, spännande att tänka sig, existentiellt oberäkneligt. Filosofiskt blir det intressant. Puh ! Medmänskligt blir det förvirrat, uttrycket, om tiden. Vem bryr sig?! Tekniskt sett är tiden en idé om utveckling, hur allt hänger ihop. Tidlöst är visst. "Livet, en glimt av ljus mellan två evigheter", stod inpräntat i en sten i ett skyltfönster, osagt vilken bransch, tänk själv. Det är som när de väldiga, för sin storlek smäckra, valarna, valfiskarna, efter lång simtur mot 3 km djup elegant söker sig upp och når ytan för en pust, och sedan dyker ned igen och käkar litet mer, parar sig litet till och söker, skapar liv, digererande upptagenhet så att säga.

De mänskliga egenskaperna, egenheterna påverkar oss allra mest, även om vi socialt anpassat oss till ett civiliserat system med regler, normer och förhållningssätt. Mycket vore enklare enligt "survival of the fittest" , anpassning, eller djungelns lag men den skapar osämja och vantrivsel till slut, utom för lejonet. Fast, även ett lejon går under när omgivningen skingras och försvinner mera. De sköter sin business, jmfr "busy". Uttrycks kanske "bussig" via SFI, juste. Bussig, du får jobba. Det kommer mera…

Kretsloppet är beroende av sammanhang. Promota, förespråka
ECO mer än EGO, självklart. Med andlighetens evinnerlighet riktar
vi blicken inåt, inom oss, där det verkliga paradiset finns, ESO
(grekiskans ord för inuti. jmfr Esoterism, mystiken inom. ECHO
saknade motstycke, hördes bara). Och så vidare...

Det är de goda synergierna som alltid ger dig nytt hopp, fortsatt
driv och låter dig skapa, utveckla möjligheter, med eller utan
omgivning. Utan omgivning blir det på ett sätt. Med omgivning får
du gensvar, motarbetas eller kanske blir du förföljd. Här händer allt
på en gång. Du blir förföljd. Någon fabulerar ihop att du skall ha
sagt något, gjort något eller varit på ett sätt. Vad som är sant saknar
grund, eftersom det som sägs är vad som attraherar, sprids och blir
allmän uppfattning i folks ytliga medvetande. Någon vågar känna
efter, inser att det inte stämmer. Ryktet är osant. Alla har en gåva.
Du får gärna dela med dig. Med intuitionen försöker du placera ditt
bästa där det gör bäst nytta, ger ytterligare energi, kanske får du
tillbaka. Du kan bara ge, utan att begära. Om du får så får du vara
tacksam, till sådant som är gott. Det är konst att ta emot.
Bekräftande är vad många söker. Det materiella, eller artigheten är
fasaderna som bara ger en yttre tillfredsställelse. Inom oss söker vi
mer. Lycka är en kombination, innehåll och friheten utan att
behöva mer, saknar inget. Huset, byggt av trä, gömmer, håller om.

Visste du att hus kan tala till dig ? Alla träd kan ge dig energi, och
våra sensoriska förmågor är underskattade, hur vi medvetet
påverkas, och undermedvetet till skillnad från omedvetet.
Det omedvetna är överraskningarnas källa. Det undermedvetna är
vår inre kompass som vi skall värna, lära oss förstå, för där har du
svar på så mycket som det yttre ändå inte borde utsätta sig för.
Allt det där materiella som styr och leder kan förleda, på ytan.
(Ny teknik, A-SMR, AI, PET, IT-certifiering PIM med mera...)

Men, varför skall just Du tillåta att bli kallad dum på bekostnad av
allt det goda du egentligen tror på, kan få uppleva? Vi människor
förstår inte alltid sådant, ser inte klart framåt. Vi behöver arbeta
för det goda, för då kommer det tillbaka, med förståndet att finna
vägen tillbaka, förlåta allt dumt och göra det bättre !

Året är 2003, och du förvrängs till något annat än den du är. Det händer inget, då, eftersom du med öppenhet sätter ord framför det illasinnade ryktet, hinder. Till ditt försvar finns argument som blivit totalt meningslösa och ointressanta. Vi dömer handlingar, ord och tankar. Vem förstår din tanke att du gör dig till något sämre än du är för att sedan få återgå till det normala? Du är medveten, och fortfarande har du den goda energin som talar för dig, till dig, och till vad som sagts eller gjorts! Livet går vidare, bilresor, flytt, jobb och barn. Du blev beskylld, rätt friad från ansvar och fortsatte välja arbete, tillvaro med ambitionen så småningom. Det där så småningom infinner sig inte då, eftersom fortfarande har du någon som aktivt försöker påverka dig och din tillvaro. Familj, arbeten, nya kontakter, gamla vänner är garanten för att du är på rätt väg. Det blir ändå en hinderbana. Ifrågasättanden om hur du är uppstår, på grund av ditt val att kritisera de positionerande i reviren, ett målmedvetet syfte, att få just din hem- och arbetsmiljö mer dräglig. Att skapa en fredlig, sunt skön miljö som är bestående, integrerad och upplyftande, mer än den kostar.

Att gilla läget, sägs det.
Det behöver du inte, varken emotionellt eller formellt.
Du kan gilla läget, adaptivt, i situationen genom att erkänna och arbeta framåt, visst. Ergo, trots dina erkännanden av just vad du gjort fortsätter fördömanden som fanns där innan du kunde ha gjort något och ändå blivit dömd. Med en hetsjakt om pengar, med tendensen att du skall tvingas ställa dig barskrapad vid vägkanten, medellös, bostadslös och arbetslös, kan du stanna upp, fundera litet och konstatera att: "Det blir som det ska." Vilket förpassande uttryck, den gången om det blir så. Våra energier styr ännu mer, vi kan förstå våra drömmar, önskningar och när du fortsätter framåt, som om inget hänt, skapar du bara mer irritation samt ger underlag för ytterligare ideer hos somliga medmänniskor att du nog har en skruv lös, om inte flera. Situationen ställer sådana krav på dig att du tvingas tänka, jobba på för att överhuvudtaget överleva. Hur illa kan det bli? Snack skadar, ingen tvekan om det, rykten ställer till det, och det materiella, pengarna, används riktat i krigföringen som effektiva vapen, laddat i visst mått, mycket är 'lösplugg'. Ändå lever vad som verkligen betyder något, inom. Patron ur! Du andas.

Efter fyra år med löneutmätningar, anmälningar mot dig som person, verkställighet med förskingring av din egendom, allt som du egentligen kan klara dig utan men känner för. Under tiden har du vitaliserat allt nära de som alltid kommer att vara del av ditt liv, de som betyder något. Där finns framtiden, ska det visa sig, och inte minst när du genom dina vägval inser att du kunde ha nått samma kontakter utan att ha simmat mot strömmen så på ditt sätt. Skönt, du undgår onödiga förklaringar som enbart skulle kunna användas emot dig. Dessutom saknar du behovet att förklara när ingen kunde vilja förstå ändå. Men, efterhand kommer bättre support till din undsättning, fler än du vågat hoppas, bara kunde tro. Hoppet är gott. Positioneringen normaliseras, optimeras, utan ställningskrig när sanningar får bättre plats, så mycket bättre. Barnen känner. Du väljer.

Allt det där materiella binder dig vid något du egentligen redan har i det fria. Det har du inte insett helt än. Ambitionen att behålla det goda värdet har fått dig att glömma att du faktiskt har väldiga möjligheter. Känn, inse och acceptera. Det är konst för oss, ger så mycket mer när vi greppar läget, genom att skydda oss från fara, inkännandet. Våra försvar har sina funktioner. De primitiva ställer till det, avleder och kan göra oss till viljelösa offer, emedan de stiliserande adaptiva förmågorna låter oss förstå sammanhang och ger oss oändligt mycket mer, som "din nästa", omgivningen, kan märka eller "lukta sig till". Märkt, obemärkt? De som inte syns särskilt i samhället har den funktionen av en anledning, och de som söker uppmärksamhet upptäcker till slut att det är begränsande. Positionerna får mindre inflytande då. Samvetet? Vänta litet, det kommer mera. Så, för att hålla igång fortsätter du, ovisst, sökande efter något mer.
Potential !

När någon fastnar i sitt beroende, förlorar riktningen och lägger sig här eller där...
När någon fastnar framför trafikljuset i korsningen, undrande vilken riktning som leder hem...
När någon blir utslängd på gatan, medellös, skyddslös, utan förmåga att söka hjälp, eller kontakt...

När någon uppgivet hittar en enskild parkbänk för att finna någon mening med det...
När någon blir totalt derangerad, ett förlist vrak av stress, förstörd av svek, utelämnad, övergiven ...
När någon tappar minnet...
När någon glömmer sitt egenvärde, glömmer vad livet ger, meningen, att söka, då har någon glömt bort sig själv och glömmer att vara tacksam över livets goda, för det finns visst där ändå.

Vi påverkar varandra och låter oss påverkas. Vi lever i ett sammanhang. Ödet ? Det kan se dystert ut, särskilt när något verkar mot din existens, tycks det, initialt, i början.

Någons inre trasighet, människans inre känsloliv är skört, kan inledningsvis orsaka problem, antydningar emot dig att livet går lättare att hantera, kanske, om alla andra också ser hur illa det såg ut för dig, minsann. Du bör inte visa hur nöjd du är, "-Du.. "!
Det vill säga, nedvärderingarna som träffar både avsändare och mottagare faller lika, på båda, är inlärda beteenden.
Du tänker tillbaka.

Det är inte brottsligt att vara arbetslös, ha skulder eller vara hemlös. Det är bara en tankeställare om livet. Meningen finns där, inom, men visar sig inte på en gång. Sök, kärleken. Den finns för just dig. Vi ser. Ett porträtt, photo-génique, en bild, förevigad.

Vi hör; A-SMR, Auditorisk Sensorisk Meridian Respons, låter svaga ljud tala genom dina meridianer, i hårbotten, inifrån, vidare. På ett finurligt underliggande vis är du stimulerad, känslosamt berörd av naturen. Trädens språk, viskningarna, helar dig inifrån. Du hör dem i tystnaden. Därför är tystnaden talande, läker och helar. Vi hör. Se mer...

När Du lever har du också kvar dina känslor. När du klarar av att känna direkt får du bättre livskraft, bevarar din integritet, lojal med dig själv, vad som är ditt och den Du flyr med litet, tar cykeln till havet, för att inspireras, andas in, mer liv.
Fortsättning följer:

"Jag vill verkligen skiljas!"
Så stod det på den handskrivna lappen. I och med det var saken
löst, fint. Inga problem, fortsätta som vanligt och vara igång, trodde
du! Äktenskapsskillnad, fast ingen av parterna sökte det, blir fånig
prestige. Du ringde till tingsrätten för att fråga om du kunde
återkalla ansökan om skilsmässa, men de hade inte fått in någon,
inte registrerat. Medföräldern sade annat, behöll handlingarna.

Bodelning kan ni ordna själva. utan äktenskapsskillnad.
Du ger allt du har och mer till motparten (som det heter nu, inom
juridiken). Utarmning, skam och förskräckelse kunde det bli om
inte livet vore större. Därför kan du välja en egen väg,
annan än den utpekade Via Dolorosa.

Till sak, äktenskapsskillnad;
Utan advokat för din del, ytterligare ett ombud skulle kosta
huvudsakligen genom att förvränga din berättelse, sakfakta
försvinner i textmängder, slätas över och allt blir till ingenting.
Trots att du blir bannlyst, ifrågasatt och totalt förringad i din
enkelhet saknas grund att ta ifrån barnen deras rätt till någon av
sina föräldrar. Gemensam vårdnad, självklart utfallet efter
genomgång av all fakta. Du har inte försvarat något mer än de barn
som du älskar, på riktigt, och efter undertecknande av obligatoriska
formalia blir barnen folkbokförda hos dig. Men, det var ju inte så vi
skrev på, det var hos den andra föräldern de skulle bo. Hur är det
möjligt? Visst, folkbokföringslagen upplyste skatteverket vänligt
om, då den tar vara på barnens huvudintresse först, hemvisten,
ursprungligt, deras bostad där du bor, som du äger då.

Lycka igen, en möjlighet att reparera skadan, som tycks ha blivit
ditt livsöde, ständigt få reparera skador... Motpartens omedelbara,
oväntat spontana reaktion under tvist nummer ett bidrog till
gemensam vårdnad, tills folkbokföringen av barnen registrerats...
Det känns mer stimulerande, och roligare, när allt är helt.
Problemlösning.

Nåja, din förvåning, nästan, förbyts omedelbart i krass verklighet när du istället för att få etablera fasta former, som du sökt och längtat, skall kastas utanför barnens verkliga vardag som alla andra tycks vara nära. Ingen ifrågasätter din ambition att vara dem nära i förskolan, läsa, äta, i skidlekar, då ryktet om dig som något annat än du egentligen är, har tagit fart på andra håll, utan att kunna lura myndigheterna; gemensam vårdnad, resultatet vid lagenligt utförd äktenskapsskillnad, utan advokat! All sakfakta upprepades därefter och användes oegentligt emot dig i nästa runda, fast du bara försökt ställa saker rätt, eftersom det är det enda vettiga och naturliga. Varför ? Det blir som det ska, tycks det.

Hmm.. här osar något. Det är inte värt att prata, för allt du säger kommer att användas emot dig. Erkänn, skriv på och gå vidare, fortsätt arbeta som vanligt, för det är enda sättet, och det är värt det, tro på dig! De vill visst sätta dit dig, få på plats, när du inte ger med dig mer. Du har givit allt, skrivit på, vill bara ha en ordnad tillvaro nära dina barn. Det är inte aktuellt nu, när andra tycker sig veta bättre. Barnen lyser upp ändå, strålar när ni ses och vittnar om det (nedtecknade citat av part har det visat sig!)

Förskolan undrar nog om du är riktigt klok, när du åker pulka med de barn som ser upp till dig, och dessutom tillsammans med andra familjer, helt ordnat. Varför skulle det vara konstigt? Jo, det givna är att inte vilja kännas vid en så prekär situation, vilsen, påstått förtappad, fast arbetande lojalt 100% på flera ställen med fortsatt förtroende på alla andra sätt tycks det. Nyfikna, sökande eller intresserade ? Sådana är vi. Det viktiga är barnens närhet, och då sväljer du all kritik och bara hör glåporden som inte uttalas direkt. Det visar sig att du faktiskt är respekterad på ett sätt, eftersom du behåller din självaktning med viss distans. Det gör att du också får uppleva närheten många år framåt, regelbundet med fortsatta aktiviteter som du behåller och håller tyst om tills ni ses emellan de vardagliga plikter som alla föräldrar, åtminstone de flesta, faktiskt har. Förebild eller karikatyr? Lekterapi, för barn.

Sociala engagement visar sig betydelsefulla, som alltid, eftersom de vittnar om att du är i ordning. Ingen frågar särskilt mycket eftersom alla har sitt att tänka på. Det visste du, anslöt till leden, utan att för den skull ge upp. Det föds på nytt, hoppet, ständigt.

Du har kvar kärleken till något, och sökandet fortsätter.
Var finns kärleken, egentligen? Erkänner du den, din del, kan det bli rätt. Mellan rummen ?

Kontakterna med barnen blir glesare påföljande vart annat år, konsekutiva perioder, nästan otäckt punktligt.

Efter att ha träffat en förälder på barnens nya bostadsort i en helt annan landsände, en förälder som efter fyra vårdnadstvister till slut får tillbaka kontakt och vårdnad om sina barn, troligen efter att ha undanröjt vissa hinder som du inte frågat mer om, klargörs det.

Nya kunskaper medför, inser du, att det är rätt att kunna visa barnen att du gjort allt lagligt som varit rimligt för att behålla deras närhet. Kärleken har ni ändå, den sorten som det fungerar bäst mellan barn och förälder. Din egen kärlek är fortfarande under rubriken: "Sökes, varm, charmig, gärna sunt fungerande människa med integritet". Så vackra ord, när vi läser dem. Du undrar kanske, vilken profil ger du uttryck för? Den är bäst lämpad, den som du kan ge allt för. Allt annat blir återhållet, tyvärr, men du känner dig själv.

Ditt liv kan av utomstående verka kaotiskt, och hur skall det se ut; Genom skylten i stortext: "Livet är i KAOS" slipper du alla lyck-sökare som bara gör dig besviken, skadar ditt innersta med att efter "vi måste prova"-episoder kommer på att det inte var rätt. Det är bortkastat, onödigt och själviskt att tänka så, ändå så naturligt. Bejaka, njut och lev så får du mer än du begriper, begrips !? Men, den där skylten kan locka de mest intressanta figurer du annars skulle passera. Stimulerande tanke med det oväntade. Omedvetna är överraskningarna innan de når dig, förstås.

I ett semi-strukturerat resande Norr-Söder, Öst-Väst, fullgör du plikterna heltid, lägger till litet fritidsaktiviteter och återvänder ständigt hem samt till barnen. Vad händer sedan? Vad får betydelse sedan? Du är utmätt en gång, under fyra år, fortsätter framåt, blir osannolikt anmäld för din privata business gång på gång utan påföljd tills 2015.

Då har det gått mer än tio år från det började, sju år efter äktenskapsskillnad och ändå känns det som om någon inte är nöjd med att du är vid liv. Att likvidera bolag är simpelt idag, sök dem i konkurs, ta ifrån dem de tillgångar de gömt undan, trodde man, och likvidera. Problemet för rättsväsendet är att det vid en personlig konkurs finns levande individer, skäligen högst orätt, d v s inte legaliserat, att likvidera. Aj, vilken formulering. Ändå, så ser verkligheten ut. Samtalen med politiska flyktingar, mest krigsutsatta som utsatts för etnisk rensning och genomgår upprepade hälsoundersökningar som för alla legalt nyanlända, ger mycket kunskap om världen och dess värden utanför vår polerade privata tillvaro. Social polityr, puts.

Du håller ditt inre rent, hela tiden, och inser att det är din livnäring. Du andas. Inspiration. 'Det är "jämnan" som drar'.

Senare kommer det att vara din livförsäkring och nyckeln till ett härligt liv, en tillvaro med just den du söker. Det yttre har mindre betydelse även när det orsakar opraktiska konsekvenser, merjobb, för stunden. Den personliga konkurs som beslutas förlöper och du har en lösning, som kan ta dig ur den tunneln galant. Det har du fått information om, och insikt i, men väljer annat ändå, på glesbygdsvis tjurigt som en björkvril snirklande, knotig fastvuxen i stammen, i alla väder, Du följer med livet in på den väg som ligger närmast hjärtat och då blir det en del märkligheter, med sämre förutsättningar för det yttre, materiella, först. Du är hantverkaren i ditt livs bygge, känslorna leder dig. Det förbisåg arkitekterna som räknat på din omsättning. Alltjämt vägleder kärleken fortfarande, en inre kompass. Vad som händer, sedan ?

Du blir av med din inkomstkälla, en tid, ditt huvudarbete begränsas fast du har kvar behörigheter. Ditt hem säljs exekutivt och dina saker slumpas, skänks bort när du sagt att du hämtar dem. Otroligt är det. Tur du kunde hämta hem det mest värdefulla. Lagen finns även till ditt försvar, visar det sig. Det är lätt att bli bekväm. Kampen om pengar, när du underlåter att kämpa för pengen, skyddar dig bättre än många förstår kommer det att visa sig. Pengarna eller livet? Du väljer livet, aktivt.

Tack och förlåt, blir klyschor som används ironiserande ibland, ord med innehåll när de handhas lika varsamt som gåvan du fått inom. Värdet bor i annat än pengar. Realkapitalet är människan.

Med bekräftelse på att ordningen runt dig var misskött i det osammanhängande kom beviset, genom ett par av varandra oberoende men för dig pålitliga, betydelsefulla personer som du haft sparsam kontakt med just på grund av att det pratas alldeles för mycket osanning. De ville inte höra mer från omgivningen och kontaktade dig direkt för att ge sin version och vill ha kontakt med dig som innan. Mänskligt, igen, att förmedla den sociala kontrollen, som både skyddar och hämmar. Frihet andas. Sunt.

Dessutom har dina arbeten och sociala aktiviteter på fler än ett ställe samtidigt gjort att du varit levande, orimlig att ringa in med ovidkommande prat. Alltså, livet fortsätter, får fortsätta. Den dagen allt det materiella är klart, pengarna lösta och du får leva ett vanligt liv, "då får mina närmaste" del av det, tänker du. Hur länge skall det pågå? Allt har betydelse, på något sätt.

Livet färglägger, aromatiserar, motverkar effektivt odiösa odörer, illaluktande miljöer. Scenisk sentimental sensmoral. Sant.

Som det ser ut blir du rättslös när du landat snett i en riktning, inom ordningsmakten, oavsett område det gäller. En professor emeritus, Madeleine Leijonhufvud, har konstaterat att vårt rättssystem är svårt för den enskilde att med bevarad respekt kryssa sig fram igenom i Sverige. Alltså är det möjligt för de flesta att starta drevet av personliga, objektiva, irrationella skäl emot vem som helst i Sverige. Grunden för åtal av ett rykte faller på sin enkla orimlighet. Ingen kan utpekas ha uttalat något, i synnerhet när de som kan ha startat processen tycks ha glömt bort bidragen från början. De verkligt skyddsbehövande genomgår värre eklut.
Vilket gytter !
Soppa kokad på en spik, som i sagan om luffaren och gumman.

Du har alternativ:
Håll dig igång, tänk, lev och verka för allt som du tror på.

Arbeta för dina barn, era barn, är det vackraste du kan göra. Du gör det genom att ta vara på dig själv också. Så, efter genomgången där du berövad allt du äger, nästan, ditt hem, dina tillhörigheter blivit utsorterade, dina arbeten tycks landa i något annat än du haft som inkomstkälla, har du kvar något inom. Ändå, dina aktiva val har också bidragit till att du har kvar en smal åder av arbeten som du tidigare utfört ideellt. Kan det ge näring? Livet är stort, ofattbart. Livet går vidare.

Flyktingströmmar är vardag, människors små krig är dagsnyheter, pennfäktarna på myndigheterna gör allt de kan för att planera sin semester, invänta nästa lön innan de försöker se vad du har att komma med. Fördomsfullt. Någon skrattar åt dig, någon försöker se seriöst, influerat. Skapandet är fritt, uttrycken är dina. När du ärligt, och sakligt, med tyngd bakom orden besvarat finns där färre motargument. Utan energin blir du borttappad i samhället. Vad väljer du? Det är konst att leva gott, särskilt om livet skulle vara pinsamt. Dina försök att knyta ihop sambanden mellan de goda krafterna är nyttig så länge du får till en helhet. Annars är det bortkastad tid. Det vore enklare att få ha sin vardag simpelt ordnad utan alla extra tillbehör, monotont, mycket tråkigare. Många söker meningen i livet när de redan uppnått något som för andra kan betraktas ge innehåll.

Ansvar.
Hänsyn.
Ordning.
Respekt.

Så mycket bättre för omgivningens känsla för vem du nu är. Enkelt och självklart för den som är mitt i livet, utan trygghetssökande hos någon annan. Sökandet, det gör oss till levande individer med mål, intresserade och nyfikna att lära mer, se det goda och få ännu mer erfarenhet. Det är sökandet som gör livet meningsfullt. Det är trygghet som gör att du kan stå ut med allt elände.
När den andra föräldern aktivt försöker eliminera dig ur deras liv, barnens, genom besöksförbud som rimligen faller vid närmare granskning då hotbild saknas.

Besöksförbud är systematiskt använt för att behålla barn för sig själv mer än att skydda individen. Mitt i processen utses den person som besöksförbudet skall avse skydda till ensam ansvarig vid alla kontakter med dig som andra förälder i alla kontakter kring barnen. Det är självklart skäligt och det bästa för barnen, som just deras situation är och din. Tredje part blir irrelevant. Besöksförbud har missbrukats som en taktisk manöver när det egentligen skulle skydda enskilda bättre.

Slutsats;
Det är människans ofullkomlighet, i relationen till samhällets regler som kan göra livet pinsamt. Du har erbjudit ersättning, mer än bodelningslikviden, men motparten yrkar på underhållsstöd varje månad via indrivningar för att ytterligare skapa barriär mellan er. De missar det enkla, realismen, verkligheten, i den faktiska levande, livgivande kontakten mellan barn och föräldrar.

Det finns allvarliga brister i våra rättsskydd. Vid ett flertal tillfällen där individer verkligen behövt beskydd har inget skydd ordnats, med allvarliga personliga missöden som följd. Att klaga blir pinsamt, finns det andra sätt att få upprättelse? Djungelns lag. Eller, survival of the fittest, anpassad.

Mitt i kaos, processerna, får du hela tiden sunda bekräftelser, som när ordningsmakten frågade: "Var det en olycka?", när du i en från början klok omsorg lyft upp för att krama om ett av dina barn i frånvaro av den andra föräldern. Du var vid tillfället s k boförälder, vårdnadshavare och annan person försöker dra till sig ditt barn ur din famn. Reaktionerna är aparta, kan förstås på ett sätt om du betraktas som galen, men kan förstås på ett annat mer jordnära sätt om de ser en förälder som är förtvivlad att alltid behöva stå tillbaka för andra inför de som skall skyddas mest, barnen, skyddslingarna. Den situationen är totalt absurd. Fredligt?
Med utsträckt hand, "förlåt" var saken klar. Det var en olycka.
Ingen av parterna tänkte mer på händelsen, obetydliga blessyrer. Barnen, som sträckte sina händer till dig, tänkte du på. Barnen som andra ville vara närmare, äga. Barnen behövde ingen uppståndelse, klarade sig bättre ändå, visar det sig. Inga men.

För de barnen är Du självklar.

Närhet. Ett tumult med fyra poliser som via rykten fått en skenbild, ett falskt intetsägande, skapade bröd och skådespel åt tidningar och andra förstsigpåare som vill "scoop"-a, en story, något att "snacka om". Ganska ointressanta är de, plattityderna. Det är skillnad på olycka, oaktsamhet, uppsåtlig, givetvis. Du arbetar framåt.

Allmän anmälningsmöjlighet. Det är bra, men det är också särskilt användbart för den eller de som föredrar att anonymt ange någon för att skada densamma. Ordningsmaktens dilemma, sant eller osant? Här finns en klar riktning, en intygad bekräftelse från en av poliserna, ordningsmaktens tjänare, som klart redogör för att en del ovidkommande prat har färgat dem, strax innan händelsen. Synkronisering.

Flöden som du behöver "sniffa fram", räkna ut, fantisera om du nu vore paranoisk. Det "snick-snack" som polisen hörde medförde således grunder för allmänt åtal, som för att bevisa något. Du blir beskylld för att med berått mod skada, när det spontant förlåtande uttrycket från en av poliserna, som helt objektivt kunde lyfta blicken, frigör: "Var det en olycka?!" Vilken lättnad, hjärta och hjärna har ett samband After all, we are human, humanism !

Det enda realkapitalet i vårt samhälle är mänskligheten.
Naturen är vårt arv, djur och natur. Allt annat är konstruktioner, mätvärden och bedömningar för att skapa någon slags ordning i en vardag för de flesta att begripa och följa. Observera, att enligt vår lag är också oaktsamhet ett straffbart handlande. Du accepterar den lagtexten och kan därför ge dig själv lättnad med det erkännandet. Din önskan att även övriga inblandade tog sitt ansvar, erkännande, nedprioriterades. För i vårt rättssamhälle är det den som utsetts till felande som också tvingas stå tillbaka. Antingen beror det på att du inte tagit fram ditt egentliga syfte, eller så är du utsatt för andra människors behov, eller så är det tillfälliga händelser som får betydelse senare i livet.
Vem vet ?
Qui vivra verra. Något senare i livet.
För, vi minns mer än vi kan önska, djupt inom.

Det är inte heller någon större hjälp att ha en jurist som går in i efterhand att försöka sortera i en mängd av ovidkommande fakta, petitesser som vem som sagt vad, då ena parten aktivt motarbetar samverkan när den enskilda vårdnaden för dennes skull äntligen uppnåddes. Att få enskild vårdnad av barn när du bor med och lever äktenskapligt med barnens andra förälder blir orealisitiskt och kräver väldiga avvikelser, i brist på samtycke, från det normala, naturligt medmänskliga. Ett ombud, en jurist, kunde möjligen inse tidigt och efter hand, att uppgiften som ombud bara skulle ge en extra lättförtjänt slant i kassan eftersom utgången av andra perioden i pågående vårdnadstvist var förutbestämd. Det kunde du bjuda på, efter en snabb analys, dennes levebröd. På det viset har du bidragit till att ytterligare underhålla rättssystemet med brödtext till liten allmän nytta, kanske till förfång för dina barn. Våra barn blir utelämnade, direkt och indirekt, i de tvistandes ledband. Oavsett hur du handlagt saken, som från början varit konsekvent personlig och känslosamt rak, vore utfallet liknande med all sannolikhet. Under tiden har du möjlighet att arbeta vidare, med undantag för de få tillfällen du tvingas avstå arbetet med att fortsatt betala inkassokrav m m för att istället besöka de granskande myndigheterna medelst egenfinansiering.

Det pratas om sekretess, i vårt land. Inget är mer tvivelaktigt än det Sann sekretess omtalas inte. Lagen om sekretess kan refereras till, och det räcker, i utbildningssammanhang eller för att förklara rättigheter. Det blir tvångsmässigt uttryckt när du aktivt försöker hindra röjandet av uppgifter. Att härbärgera, vara container, klarar dina barn, att hålla en hemlighet, en hemlis, som skapar spänning. Sekretess som är helt ospännande borde vara ännu enklare att hålla. Tydligen inte. Snokandet antyder brister i eget liv. Kärleken fullkomnar, har alltid utrymme för sökandet efter liv, mer.

Om du går till sjukvården, själv eller med dina barn, skall det vara vänligt, rätt, smidigt och tryggt. Fortfarande är det systemfel med så många som möjligt som skall vara med, tvärprofessionella insatser, med flera funktioner (multimodalt) som hanterar saken. Att du som förälder ifrågasätter vården gör dig till aningen besvärlig. Du vill dina barns bästa, och vården tycks veta bättre.

Information efterlyser du, och får delar av den. Det väntas på svar från olika håll. Du väntar. Du behöver se. Tillsyn. Omsorg. Rädslan att göra fel, utan respekten för vår mänskliga natur, det ofullkomliga, styr över sunda förnuftet inom både de sociala myndigheterna och hos vårdgivarna. Vi gör så gott vi kan, kunde våga ha öppen dialog om växande människor, som vi alla är. Annars vore det färdigt.

Alldeles färdig, har du känt så någon gång? Det kan vara så, obekvämt, när du får en mängd brev från myndigheter, kravbrev. Vad krävs egentligen? Kan du se över det, helheten? För vem skall du vara registerförd? Vem trivs med att du är registerförd? Ingen bryr sig egentligen. Någon vill ha mer, jaget finns där någonstans för att hålla oss kvar i något, balansera, annars blir till och med våra logiska arbetsfält i sociala medier i cyberspace helkrökta. Register brister, och blir fel, mänskligt. Jaget gör gott. Egot är ont? Krökt rymd, som välkända vetenskapsmän, fysiker, redan för minst hundra år sedan försökte härleda, utan komplett sanning (Einstein, Sacharov, Hawking m fl). Vad den förstnämnda av de kunskapslystna vise männen ändå lär ha sagt, är, vid eventuellt vårdbehov: *"Jag tänker röka som en borstbindare, arbeta som en häst, äta utan att fundera närmare på vad jag stoppar i mig och bara gå ut och promenera i verkligt angenämt sällskap"*. En tallrik köttbullar, eller en bild på din häst ur skevt perspektiv publiceras på nätverket, facebook. A treat by life. Acceptans, realitet och liv på en gång, säger det.

Oordningen behövs så länge vi har mer att lära, skapa ordning. Betala dina böter, straffavgifterna och tvista i några år för att få tillbaka vad du har rätt till. Så ser det ut idag. Betalningskrav för underhåll(-ning)sbidragen är många, och kommer regelbundet utan att bli bortglömda ens om du verkligen har betalat förskott. Ansvaret att meddela det ligger hos motparten som lärt sig använda systemet.

Det är svårare att klara sig med rena inkomster än genom bedrägligt obeskattade, ännu. Att tvingas vända på kronan tyder ändå på att du kan ha ett rent samvete kvar, inom räckhåll.

Eftersom Du har anknytning, växer upp i ett traditionellt samhälle, finns det. Medskapande är du. Det spelar ingen roll vad du arbetar med, du lär dig alltid något, sade gamlingen tveklöst. I glesbygden har många två eller flera arbeten. Det fattas folk därute. I staden finns det kortare tillfälliga arbeten som bidrag, levebröd, födkrok eller matpeng. Din livförsäkring, invaggad av myndigheternas psykosociala gungstol, finns att hämta med en "paycheck" avsett för absoluta nödvändigheter. Den räcker till ett par skosnören och en tandborste. Snubbla inte, knyt skorna. Tandborsten renar, vårdar rötter, dina rötter, på ett värdigt sätt med rätt handlag istället för att putsa fram ett perfekt ytleende.

Du kan därför välja att köpa skosnören, tandborste och le lite grann ändå, utan myndigheternas "tvångest" *Neologism, ordet tvångest finns inte, och kan förklaras för läsförståelsen;
Tänk dig myndigheternas tvångshandlingar, tvingande mot dig som individ som ändå tvingas leva ditt liv själv. Myndigheter har inga känslor, människor är fyllda av dem och ångest är vår flyktinstinkt, livsuppehållande. Bättre fly än illa fäkta. Vi tvingas hantera vår egen och andras ångest, mer ändå.

Ångest är mätbart, steglöst från 0-100 %. Noll/ 0% är patologiskt avvikande. Utan ångest saknas en viktig livskraft, och över en viss nivå blir det så där handikappande plågsamt att inget fungerar, med dåliga konsekvenser. Alltså är ångest ännu en god egenskap fast det inte heter så. Vi har olika förmåga att hantera den. Begripligt ?
Andas in, andas ut, "angst"= lufthunger. Puh!

Tillbaka till kraven, pappershögar, bruna kuvert, vita kuvert, längtan efter närhet och dina barn.

Du har fått förlåtelser på vägen. Ändå finns det kvar ambitioner att tvinga in dig i ledet, för vems skull? Du överlever, eftersom du har lagt ned vapnen för länge sedan. Motparter och självpåtagna rådgivare upptäcker inte det. Då, plötsligt får du kontakt, med just den som ger dig en framtid, hopp, som med sitt naturligt underbara sätt att vara lyckas locka fram helheten inom dig, du andas.

Du har kvar möjligheten att få arbeta för det du en gång var tänkt till. Börja om, med fördelar. Du har fått vad du längtat, och har kvar det väsentliga. Du blir inte av med dem, skulderna, förrän du arbetat med dem. Du har kvar arbetet från första handtag. Hundåren har sitt värde, allt arbete skulle vara gjort. Hundår, ännu en aforism, tolkat hos ett av våra sant blödande grannfolk, i Finland. av Elmer Diktonius livspoesi:

"Att bita är ett tvång så länge bett ger liv
att riva är en helighet så länge ruttet stinker
och söndersargas måste livets fulhet
tills skönhet-helhet ur dess mull kan gro. "

Samtidens inspiration av Nietzshe, som hedras tack vare kärlekens röst. Hemlängtan, beskrivet om krusbär från samma tid, C J Love Almqvist. Namnet, Love. Sverige, Wilhelm Stenhammars komposition från samma tid, nationalromantik. Skapelser. Skapelsen. Allt får betydelse.

På TV nyheterna hörde vi nyss dagsaktuella reportage från småstad om de fem barnen som hölls undan skolor på grund av deras föräldrars gemensamma dikt om verkligheten, hur de beskrivit sig vara utlandsstuderande, distansstuderande samtidigt innehavande flertalet bidrag för att klara sina ekonomiska åtaganden. Distanserade, ingen tvekan. Vad händer nu? År 2019. Den familjen fann sin lösning. Skolplikten är numer en rättighet. Barn har rätt till utbildning, förankrat i artikel 28 i barnkonvention efter att FN, förenta nationerna, år 1924 antog Eglantyne Jebbs, Rädda barnens grundare, första fem punkter för barnens rättigheter, skydd, omsorg. Barn är alla upp till 18 år. Frågan är vad effekterna blir nu, när de kan värderas. Barnens rätt till trygghet, omsorg, vård med mera är Din plikt som förälder. Kalla fakta, familjen i småstad förklarade sitt privata perspektiv, sina lösningar. Långt från stränderna vid vackra Genève-sjön i alperna, analyserade småtad barnens bästa. Slutsatserna, med tolkade utredningsresultat anger att till och med myndigheterna åsidosatt sitt uppdrag för länge. Hull och hår, några svalde allt.
Allt får betydelse, till slut.

Ord, tankar och handlingar har betydelse, får gensvar.

Skam.
Pinsamt.
Lösning.
Strävan.

Vad är meningen?
Barnen i småtad, tänker du. Öden. Du har kvar ditt att arbeta för.
Som, den där gången, att få visa vad som betyder något för dig.
Ord, tanke eller handlingar idag blir historia, mer att lära, en del att
berätta, något att bära med sig. Närheten till allt omsluter något i
ett inre rum, ryms. Förskolepedagoger, när de kvalificerats särskilt
ger förklaringar till hur vi anpassar. En kvällskurs om anpassning
bör utvecklas innan den omsätts i praktiken. Med pedagogens egna
ambitioner att själv förstå ger det bättre förutsättningar för öppen
dialog, uppfostrande. Öppenheten att avtäcka, dra från förlåten,
förhänget. En förlåtelse vilar tills mottagaren har grunder att ta
emot, accepterat sin del, sitt bidrag i ord, tanke eller handling.

Modeordet idag är transparens, genomskinlig
Vad menas !?

Kärnord. Honnörsord. Värdegrund. De grundläggande principerna
du fått med, i sak, vart tog de vägen, på vägen till barnen? Era barn
är gemensamma, inget för någon enskild pedagog att bestämma.
Kärleken till det egna, eller bristen på, får kvickt fäste, greppar. Det
uppenbaras genast i kontakterna. Kvickrot, ogräs i rabatten? Ansa.

Besöksförbud? Det räcker att någon säger: "rör mig inte", så har vi
skapat sunda gränser för mänsklighet. Noli me tangere. Biologin
säger "erövring, ugh!" förhistoriskt. Komplext. Som när du fick
ställa frågan till åklagaren dagen för klart besked om gemensam
vårdnad och barnen folkbokförts hos dig. "Hur gör vi nu, kan ni
hjälpa till med kontakten ?" Då, i stunden räckte en av ordnings-
maktens förövare fram en blankett som kallades "Delgivning av
besöksförbud", haveri. Utövande, förövare. Fredliga försök belönas
med förhistoriska mått: "Ugh! Erövring!".

Förskolepedagogernas anpassningsarbeten nödvändiggörs direkt, mer än det ryms i dokumentationen, på papperet. Det stora arkivet har fler rum än det finns papper. Varje person har sina berättelser, lagrade, inrymda. Det finns fler papper än det finns ord.

En tanke, anpassad.

Kontakt.

Hjärnprogrammet scannar av dina inre rum.

Du minns, bygger vidare.

Med särskilda behov skapas särskild omsorg. Den som utför bör vara bäst lämpad. När bäst lämpad resurs visar sig vara otillräcklig är resursen i en organisation som är bristande, register brister. Det maskar, systemet. Organisationen styr utan ledare, saknar ledare för ingen vet vem som bestämmer. Jo, på något håll bestämmer någon, utan att kunna följa upp vad som bestäms. Däremot bestämmer någon något på annat håll som obemärkt flyter in i organisationen. Myndigheten blir ett redskap för mest listig. Barnens bästa, det är livet, kärleken. Du underhåller kontakterna. Barnens rättigheter är din plikt, deras skolplikt är din rättighet. Anpassningen är individuell, oavsett hur vars och ens resurser är. Organisationer styrda utan ledarskap av namngivna chefer med sina avdelade uppdrag utan att någon fått specifikt mandat att besluta rätt såg anpassningsbehov. Rädsla.

Diskussionen kan göras oändligt oläslig, i bristen på ord, otillräckligt för all dokumentation. Arbete i egen verkstad skapar frihet, den frihet som någon tittar snett på, anmäler dig gång på gång, utan att nå ända fram. Vad som verkligen betyder något har du inom, kärleken. Du andas litet till. Livskunskaperna får någon innebörd, du väljer, skapar nya bidrag. Varje tillfälle ger nytt.

Äntligen, lycka att få se de där pigga, fina livgivande ögonen igen, åkerbären, kinden känns i vinden, andas in friskt under resan, en cykelstrapats i Sibirien. Fritiden, en liten oas mittibland.

En mening och de du får ha nära, inom. Det är gott, livet inom. Du gillar. Du utbyter ideer, tips, för själen. Soul. ”What's he gonna say today”, Eric Bibb deklarerar medryckande.

Du finner mera...

4
Taktik – teknik

Det är uppenbart, att du är insnärjd i en hopplöst trist diskussion. Enda vägen är att inte delta, alls, och bara svara på vad du föreläggs, förväntas, i det formella som regel skriftligt. Livet kan du förstås sköta ändå, med barnen, deras behov och intressen. Vad andra individer, i sina obearbetade känslouttryck försöker påstå eller projicera emot dig skadar dem själva mer än de kan ana. Du vill gott, för att överleva. Det är enda sättet att fortsätta så om du vill ha det gott! Egoismens begär är ständigt ofullkomligt, frestande och har ett annat mål än sökandet efter helhet.

När du själv inte gör anspråk på era barn, att ha eller begära mer än gemensam omsorg har du rätten på din sida, och det är värt det, att påminna sig varje stund om det. Särskilt värdefullt är det i varje tungt ögonblick, där längtan, ensamhet, tomhet kan söka sig in hos dig, och spöka litet.

När någon vill komma över vad du har, eller vad de tror att just du har, finns många sätt att använda våra rättssystem. Någon påstår att "med en elak advokat" kan du bättre vinna framgång. Det blir allt vanligare med en rå machokultur mellan jurister som kan ge allt annat än kloka lösningar, eftersom de duellerar i makthunger primärt. Långt från akademins intellektuella rollspel, till några enklare miljöer där "störst kör först" blir en grovkornig lösning som ödelägger människor, breder skadeverkningarna ut sig fortsatt och tar där udden av sig själva. Det mänskliga är det påverkbara.

Realkapital är humanismen, hermeneutiken, tolkningsläran, som vårt ideal och i vår samordning i ett vackert liv med högre värden och potential. Med den känslan klarade du av att göra dina timmar samhällstjänst, för att du erkände, istället för att med den målmedvetne advokaten städa undan alla misstankar emot dig så du slapp påföljd, fick ett rent register. Nu har du istället ett rent samvete, efter några nysattacker på kattklubben i en dammig källare där ni fick bygga om bland 60 hemlösa katter genom ordningsmaktens inrådan och övervakning. Pro sit, *(latin: för det goda)*. De fina vitsorden kan du ha glädje av sedan.

Arbetet fick du lösa själv, utom inom sådant du annars arbetar med. Med det snabbt avklarat på din lediga tid fanns inget mer att hämta för olyckskorparna, som fortsatte att låta i ur och skur. Många söker mening, att få göra något. Du har fått göra något, mer än nödvändigt. Tillfällen är givna, valen är dina, och resultat kan mätas. Vad har betydelse, sedan? Riktning, framåt!

Vad är meningen ?
Senare, i slutet av februari 2017, ganska snöigt, fortsätter Du. Det är stjärnklart över sjön med sitt vita täcke. Några fotspår ut från udden, några borrhål, kvistar vid isnäten. Det lyser i granngården, uppe på åsen. Utsikten är njutbar, dygnet runt i klart väder, fast ger mer när du får se det högre upp. Det lilla fjället söder om sjön, det turisttäta skidparadiset i väster, där kvällssolen lagt sig tidigare. En silhuett i köksfönstret. Du har just återkommit hem, skottat rent på uppfarten lite, den gången för att ta hand om alla privata ägodelar, dina tillhörigheter, tvättat, packat lite i vad som enligt lagfarten är din fastighet, åtminstone 100% , så har ordningsmakten fått i uppdrag att kontakta dig akut. Närvaroplikt ? Du har blivit anmäld för att du är hemma, inte för att ha gjort något, enbart för att du är hemma.

Med den enkla upplysningen inomhus, utomhus och belysande för vakthavande befäl som inte hörde av sig igen om den saken, fanns en strategi hos anmälande part att nivellera, rubba, din egendom. Allt du äger i fastigheten, ditt hem, din egendom, ville någon tvunget komma över på något sätt, utan skälig grund. Men, eftersom någon angivit dig orätt, varpå ordningsmakten ringt dig, och du enligt lag är skyldig att ta hand om dina ägodelar, lös egendom innan lagakraftvunnen tid efter exekutiv auktion, har lagstiftarens syfte missbrukats betydligt av anmälande part. Den anmälande i sin tur är sannolikt påverkad, pressad av annan part att agera, influerad av intressanta rykten, som ingen sedan kommer ihåg var de började. Förhistorien om baronen på kanonkulan är för bra för att vara sann. Förresten så fanns den redan långt innan. Du höjer blicken. Sanningen är tidlös, lever gott vidare av sig själv. Osanningen kräver däremot ett osedvanligt uthålligt minne. Dokumentationen avslöjar visst, en hel del, i efterhand.

Vänta och se.
Det kommer mera...

Tack vare det ogenomtänkta anmälandet har du effektivt fått
kostnadsfri, och säker, hantering av alla dina tillhörigheter, hela
ditt bohag som annars vore svårt att pressa in i en SAAB med
sviktande generator. Tre månader trygg förvaring, hos några som
känner din bakgrund en del, som tagit sitt arbete på allvar är
tacksamt och prisvärt, med hederligt utfört arbete.
Skidorna, de där från 1996, är kvar...

Ärligt talat är hela processen ett signum på hur de trångsynta,
förståsigpåarna i leden, blivit redskap för underlig illvilja, deras
vanmakt är vanföret. Du är van alla fören. När lavinen briserar
följer den minsta motståndet, far dit den vill. Du far dit du vill med,
bidar tiden och återkommer senare...

Om du inser vad som är på gång, kan du välja att spela död
(förnekelse) eller ge passivt motstånd (regression) fastkedjad i dina
berättelser som ingen tror på för de var pulvriserade, sönderslagna,
tillintetgjorda innan du ens fick chansen att förklara något.
Eller, allra helst fortsätter du med allt det goda du tror på
(rationalisering), allt som är nödvändigt gott (reaktionsbildning
om du inte känt eller valt riktigt).
Road av, litet, att ta den väg som du är van, lärd eller sett, med
vetskapen att maktens härolder håller sig för goda för att delta i
myllan och då missar de själva poängen (Annullering).
Det är i myllan, allmogen, som pärlorna finns, kärleken växer i ren
jord, god mylla och får enorm växtkraft, energi med sitt mjuka
sökande. En mjuk flexibel hållning som andas rör sig uppåt, och
skapar mångfald. Då ser Du själva ordets motsats, när mångfald
blir enfald. Possessivt är begränsat åt alla håll. Generositet har sina
gränser, visst, belöningar också. Godheten är gränslös, kärleken är
villkorslös, men människan har begränsningar som vi behöver
respektera för att inte säljas ut billigt till girighet, hämnd, ilska,
kverulans, lättja och så vidare. Vi börjar hemma hos när vi tolkar
hur andra skall göra. Om du inte gör det blir du otydlig för somliga
som inte ser storheten i livets underverk, skapelsen.

Äsch, med fötterna lika svettiga som våra skor och strumpor, lika säkert står vi kvar i våra egna spår och gräver, för att hitta svar, gräver vidare. Mittåt; Gallrar.

Bryderi! När någon vill ha din skjorta ge då också dina byxor. Vad menas !? Enkelt klädd tar du gågatan i centrum, med din slitna datorväska, synlig för att eliminera ryktet om att du blivit intagen. (Hmm..) Det möter mer förvåning än förakt, tur för dig. Du har kvar värdet någonstans, reflekterar. Kostnadsfri avhysning? Nja, det blev för bra, myndigheterna kunde inte tillåta sig luras, efterkom sig själva, sina egna misstag, beslagtog arvegodset, en klocka, som du själv kunde pantsatt men behöll hedrande minnet oanvänt. Habegär, tabegär, myndigheterna effektuerar insiktslöst.

Den damen, på bänken, observerade.
Ingen vet vad hon såg, eftersom ingen frågade.
Andra vandrade fram, tillbaka, hit och dit, stannade,
såg sig omkring, vände om.
Damen, som med virkad mössa, lång okammad gråmelerad kalufs, tjock tröja, muddar, helylle kan man nog säga, ögonen öppna, observerade. Ingen vet vad hon såg, eftersom ingen frågade.
För henne var du en av de andra, de där som bara går förbi.
Det var på gågatan mitt i staden. Alla lika olika.
Hon var mest olik alla andra, rörde sig annorlunda, betraktade annorlunda, såg sig långsamt omkring med släpande blick, observerade, obesvärad utan att avslöja vad hon såg, när du inte frågade, observerade bara. Det var en dag, på gågatan utanför hotellet, ungefär som trollsländans livslängd. Trollsländan blickar runt med sina stora ögonglober, fasettögon, korta antenner som registrerar omvärlden, fångstmasken är en omvandlad underläpp, ett griporgan. Trollsländan, (Odonata) den lever bara ett dygn, gripande. Extremer, uttrycken, är bara omformulerade, modulationer, en förlängning av din vardag.

Nu har det blivit mer en betraktelse, än en story, visserligen, de otaliga rummen inom bär var sin. Så många, variationsrika, olika. 'Minioner ', Pierre Coffins skapelser ur frihet, fantasi och verklighet om vart annat. Se efter. Det kommer mera...

5

Traditioner – tillfälligheter

Så, om det är i ensamheten du får lära känna dig själv, då blir den inte säkert värsta tänkbara. Välhanterad är den en tillgång, ensamheten Ensam eller solo, lämnad eller vald? De värsta stunderna kan vara mer när du tvingas utstå vad som kan verka hotande, sårande, som tar sig in i ditt emotionella undermedvetna, känslorna, som du, utan att märka, tvingats andas in. Kan du dela ensamheten med någon? Det går, och gör gott när du får välja sällskapet. Någon känner inte för att minnas, ändå är minnena så väsentligt nödvändiga att ta fram, bearbeta för att kunna städa.

Vi associerar ansikten, dofter, miljöer och minns undermedvetet, drömmer. Det kan orsaka en s k nattfjärilseffekt, där du dras till igenkännandets ljus, återupplever en händelse, och glömmer att leva ditt eget goda liv. Det är oönskat, en reflexhandling som styr dig bort från den givna kursens väg i ditt sökande. Du behöver vila. Nattfjärilen dras till ljuset ännu lättare när tröttheten tar över. Det omedvetna är ständiga överraskningar. Det kan du se skillnad på, efter ett tag, en tid senare. Du bär dina erfarenheter, som kan omformas till något användbart. De blir viktlösa den dagen du lyckats begripa och hantera det svåra, hur du slutat förbanna dig själv, och förlåter. Du visste inte bättre, eller hur!? Hela livet är pinsamt sa tonåringen. Det är ett förmildrande uttryck för en hel del händelser, förlöjligande. Tonåringen som sade de orden är djup, klok, och bär mycket, väldigt mycket som i det osagda är uttryckt på annat sätt. Tystnaden har sitt eget uttryck, talar för sig på många sätt. Där finns också det vackra i tystnaden, med en glimt av ljus, behagligt leende.

Somatisering, våra kroppsliga symtom, är obearbetade känslor. Det kan vara tillfälliga spänningar efter tillfällig aktivitet i ett opassande läge. Smärta är tydlig. Innan det uppstår smärta kan läget vara sämre. Det kan kallas för dissociation, där det jobbiga dröjt kvar i det undermedvetna, ett graverande uttryck av affektisolering där känslorna separerades, dissocierade. De uppstår sedan i form av smärta som vi hanterar, behandlar, rehabiliterar, självmedicinerar.

Någon söker återuppleva smärtan kontrafobiskt, alltså istället för att undvika det onda söker du det onda som för att återuppleva det igen. Det kan vara sättet att hantera smärtan, smärtsamt men med den goda effekten att du desensibiliserats, minskat sårbarheten för just det och kan leva bättre adapterad, anpassad, efteråt. Det är det goda. Alltså, det onda kan föra något gott med sig, varsamt hanterat och med god vägledning som du mycket väl kan ha själv inom dig, kärleken. Lätt att säga till någon som fastnat i tvångsmässiga beteenden, hetsäter, överarbetar och pillar på grejer till tveksam nytta. Du köper en skalmanklocka, äter, sover, arbetar på givna tider. De primära behoven skall ha sitt.
Smärta är allt annat än pinsam.
Livet blir pinsamt när vi inte inser det.
Du vill gott, särskilt när det onda uttryckts olika, från enkla små knep som du sällan tänkt på eller märkt av. Du vandrar vidare, i vardagsmiljön, på stan, presenterar därigenom effektivt motmedel som motsäger rykten om att ha tvingats bort, och det fungerar visst. Du värnar sanningen. Erfarenhet.

På fjället lär vi oss vandra energibesparande och säkert. Du söker dig till tuvorna på myren som bär, har fast underlag, slipper sjunka ner i dyn. Där, på fjället finner du guld och rubiner, de smakrika kantarellerna vid björkroten, hjortron fyllda av C-vitaminer, ger järnet en skjuts, antioxidanter, rosaröda åkerbär, i gräset, lika vackra som stärkande nyttiga med tanniner (ellagitaminer) för värdigt åldrande, gör dig piggare. Pigg, ett säkert uttryck, positivt, lite runda rosiga kinder, söt, som kärleken ungefär, åkerbäret. Det kan vara bra för tandköttet också, tugga rötter, som stammarna. Fast, gapande över mycket, mister ofta allt men inte alltid. Det går att få ihop, till slut, bita ihop.

Gott efter något ont, kräver en förklaring. Till exempel, bastubad kallades förr "den fattiges apotek". Enligt en färsk studie som nyligen publicerats i bastulandet Finland, är det hälsosamt för kroppen, cirkulationen, utan att det berörts hur god hälsa alla studieobjekten hade. Bias, studieresultaten skevar, är inkonsekventa och har fått alltför stor betydelse i den studien. Saunan kan tillskrivas liknande effekter som träning, motion.

"Sauna" omskrivet från orden "Savu" och "Maja" betyder rökstuga. Ingen rök utan eld. Brandsläckning när kroppen blivit överhettad efter en stund i värmen driver spontant lusten att svalka sig med en kall dusch eller ännu hellre till ett dopp i en isvak, rulla sig i nysnön. Det är uråldrigt. Genotypen i sin miljö. Tradition. Arvet från gamla skeppstider, vikingar, ritningar från medelhavsländer, och badhus har fört ideerna vidare. Innan bubbelpoolens tid konverserades tankar och ideer på fler ställen. Det är tveksamt, trots nygjorda studier vid östfinska universitetet angående hälsa av bastubad, att snabbt skifta värme mot kyla. Studier med friska individer, med redan god fysik ger andra resultat än riskgrupper som inte tolererar de provocerande värmeväxlingarna lika bra, kan man tänka. Studiens Bias, skevheter i resultaten beror på den lilla kontrollgruppen, så få icke-bastare i Finland enligt uppgift.

Vem tolkar? Överhettning kräver avkylning, inser de flesta. När naturen med rejält tilltagna stim blå öronmaneter täpper till kylvattenanläggningen i vårt största kärnkraftverk, OKG 3, sjunker effekten och vi får mindre energi.

Så fungerar vi, värme mot kyla, sällskap mot ensamhet, närhet mot distans. Alltför snabba växlingar påverkar vår mentala kapacitet, överhettning, kognitiv utryckning mot behaglig resa. Kärnan igång, drift eller implosion. Larmet går, utryckning. Det strålande, skadliga, avfallet lagras djupt inbäddat i koppar och bentonitlera (KBS3) för att skydda grundvattnet, som vi dricker.
Naturen beskyddar oss.

I färdriktningen framåt i tillvaron är ordning på termostaten bara en försvinnande detalj i sammanhanget. Du har motorn varmkörd, i kylan, lagom tempererade kylfläktar i värmen, påfyllda reserver av drivmedel, vatten, olja i ledningarna i systemet smörjer allt från knutar till bromsar. Ordning i sinnet, lager i minnet, allt har sin plats i tid och otid. Besparing. Förvaltarskap. Perception.

Oordningen, kaosteorin, krökt rymd. Dubbelvikt av glädjefnatt, inkrökt ljus, eller som tuffa Rateln (Mellivora capensis) ihopkurad under förbränningsfas av giftet från huvudrätten, den andel från

ormbettet som trängt igenom ratelns tjocka hud, livförsvaret innan nästa mål, ökar aptiten, känn efter. Rateln har sin vägvisande honungsgök (Indicator Indicator) som stoppar i sig bilarverna väl framme vid bikuporna vid den afrikanska savannen, när den djärva småväxta grävlingen slickar nyproducerad honung för att smörja kråset efter sin huvudmåltid. Färskvaran, livet. Fridlysning. Järven, rovdjuret med beteenden för ett skadedjur, överlever tack vare vårdad ekologi, WWF. Allt sådant som förväntas kretsar kring kaos, det oförutsedda, förblir krökt. Ljuset. Rummet. Tiden.
Djur i naturen. Evolution.

Färger, former, föränderligt skapande. Råmaterialen följsamt brukade med givna förutsättningar. Elementen. Keramik. Dekorationer, signalement. Hanteras varsamt. Rymd.

I rymdetern, det femte elementet enligt Aristoteles, över eld, jord, vatten och vind, hörs vågorna. "Energeia" myntade Aristoteles, l'art pour l'art, självbärande konstant. Rymden kröks kring sig själv, precis som var och en av oss ibland kan slå knut på oss själva för att uppnå goda levande resultat. Frekvenser från radion, etervågorna, från transmittorn till dina mottagare, recipienter. Bärande energier, som passerar våra endogena brusfilter. Dolby NR, tekniska möjligheter för hälsa, se mer...

Så, din story, vart tar den vägen?
Energeia, soul, dolby....
Sägnen innefattande, ditt liv, så sant.
Du söker igenom, känner, hela du.

Därför blir det så tydligt när bearbetningar, meningsutbyten, musiken, konsten, historia, tekniken och dina valda stunder kan göra nytta. Inspiration. Reslust. Den kanske längsta resan Du någonsin gör är mellan hjärta och hjärna, (30 cm). Du väljer väg, relationer, arbeten, som gör dig gott.
Hur vet du skillnad?

Är du med på en resa, i ditt innersta?
Så här kan det fortsätta:

6
Timing - trading

Det är tidig vår 2019,
du klev nyss in i en orientaliskt inspirerad restaurang. Det osar
litet, flammor över wokade grönsaker eldar på över gaslågan i
köket. Du ser genom glaset i köksdörren. Där, framför står
bartendern, från sydostasien, en av familjeföretagets ägare. Han
berättar att firman har begränsad öppettid på grund av de andra
jobben ägarna har för att hålla ihop sin vardag. De orkar ännu.
Bartenderns landsman, den ingifte kocken, startar punktligt varje
morgon, förbereder alla färska grönsaker likadant, underhåller
köket, fläktarna går och någon yrvaken fluga hittar in.
Det är genuint. Far Out!

På bakgården, och i förrådet, kan du ana 60- talets sydostasien, när
det klibbar i golvet och några tjuvrökande 16-åringar sitter på en
parkbänk utanför i kvällsmörkret. De fnissar, gillar på fb, har litet
business av beskedlig natur, snackar litet med killen i kiosken
bredvid, i skyddet av muren till kyrkans församlingssal i hörnet.

Det andas litet som i den subtropiska huvudstaden där solen styr
arbetstiden, alla aktiviteter, och parkerna fylls av traditionella
friskis & svettis på deras vis. Med eller utan stavar, käppar, rör de
sig harmoniskt till molnen, vinden och solljusets värmande
reflektioner. Sanden är varm.
Långt från grusvägarna, bland asfalterade vägar, i glesbygden
därhemma. Långt från salongerna står de på rad, mellan träden,
har sin business där. En klipper hår, någon putsar skor, en tredje
säljer bambukorgar. Långt från den varma fuktiga luften står du nu,
tillbaka i tanken, i närvaron framför bartendern.

Du frågar i restaurangen, delägaren, om de behöver ett par extra
händer. Med ett fast handslag har ni ordnat kontrakt för dagen. Du
vill mer, söker mer, men får nu en möjlighet att se livet med nya
infallsvinklar, tjäna människor på ett nytt sätt, och fortsätta tänka
framåt, se möjligheterna och väcka liv i de ideer du känner har
någon bäring, inom. Vad ska det ge, mer än du kan äta?

Ingen vet egentligen varför du tog just den här vägen,
knappt du heller. Det visar sig ha många goda orsaker.
Du behåller närheten i både nu och då, ditt liv har ett sammanhang
som du vill bevara, får behålla när du aktivt arbetar, lever för det.

Du blickar runt, första arbetsdagen, nästa och du är på gång;
Färska grönsaker, krispiga, ger mersmak. Kunderna kommer och
gillar besöken, med få undantag. Med bara en personal blir
kapaciteten sänkt, att dubblera återupplivar, i den nu fem-åriga
restaurangen. Musiken blir efter några veckor alltför bekant, med
buddhistiska mantran, karaoke- inspirerade sånger inspelat med
klassiska asiatiska instrument blir miljön autentisk. Gästerna med
amerikanskt, mellaneuropeiskt ursprung liksom frekventerande
asiater gillar maten och miljön. Crispy Duck, är en favorit. Flera
nationalrätter med veganska rätter ger framtidsutsikter. Senare,
med gröna växter, fruktställ, vegetabilier, välfylld kyl och bar så har
du en tillgänglig restaurang.

Du städar, slänger sopor, torkar golv, serverar, och börjar woka din
egen mat i en ny resa för dina smaklökar. Dofter och det allmänna
intresset för matens näringsinnehåll ökar. Med några enkla
näringstabeller har du värderat information om LCHF, glutenfritt
med mera. Hyggligt! Ett liv i restaurang. Kocken skrattar belåtet
iakttagande när du fixar ihop några asiatiska vårrullar, ätbart!

Det rör på sig lite mer nu i den restaurang som med sitt originella
uttryck kryddar centrum något, skapar variation tillsammans med
övriga butiker, en aning exotism. Med ytterligare en erfarenhet
jobbar du på samtidigt som bartendern, ägaren, delvis drar ut på
annat jobb. Gör det enkelt, säger han. Du gör det enkelt, för dig, för
restaurangen, som nu kan hålla öppet längre, och ta emot
lunchgästerna som fortsatt visar sitt intresse. Du har kryddat livet,
några Scoville. Enheten mäter capsaicin, pepparhalt, utan "Psycho
Serum", upplyste dig en av gästerna, troligen uppdaterad av
Wikipedia, allmängiltiga uppslagsverket via internet. Styrka ?
Du är egentligen ämnad för något annat. Vad? Du söker vidare,
inser att det var tur att du tog tillfället. Inspiration. Far Out !
Tacksamhet är gott, och räcker långt för att ge dig fortsatt arbete.

Du vill mer, söker. Restauranggästerna är en spretig skara med småstadens tjänstemän, servicefolk och turister.
Alla har något nytt att berätta, levande och livgivande dialoger, några snabba vitsar, telefonnummer och adresser som skiftas. Varje rum har själ, andas av närvarande, en tid. Där är livet, i blandningen, nära kontinenten. Bara ett litet steg till och du har världen, som arbetsfält, i din hand.

Av en knall på gatan utanför, bussen har passerat, stannar allt upp. En kille springer iväg, du tar dig ut, följer efter, i en häcklöpning över parkeringen. Tidigare en sommar var det, som det låg en person, livlös, vid parkbänken bakom busshållplatsen. Du passerade den gången när kroppen var insvept i vitt, några tekniker på stället tog prover, tycktes söka ledtrådar i buskagen. Markerat område, avspärrat, mitt i centrum. Märkligt, scenariot med våra parallella världar. Bara tio meter från knallen går en liten hund, med sin äldre välklädda ledsagare som höll i kopplet. Ingen reaktion, märkligt. Vana eller rädda, drabbade av plötslig dövhet, lomhörda i chock av den lilla explosionen?
Det kunde vara ett bildäck, men reaktionen hos killen som sprang talar för något annat. Hans uppgift var klar, smidigt utförd. Syftet med en skenmanöver är att dra blickarna till sig, under tiden som inbrottet fullföljs bakom huset, på andra sidan, där kompanjon väntar med sin svarta BMW, utan registreringsskyltar och kör snabbt vidare till närliggande kvarter, bakom än som slingrar sig harmoniskt genom innerstaden, där ett klassiskt byte av bil, kläder och chaufför ger stöldgodset snabb transport vidare. Småhandel taget ur ett större sammanhang.

Den där livlösa kroppen, en okänd, av okänd, utan motiv. Det beskrivs inget att utreda, förundersökningen läggs ned. Så fungerar det. Erfarenheter, som dina, som är så uppenbart enkla att följa kostar istället samhällets skattemedel dyra pengar, tid och plats för att bekräfta något som det saknas både grund och intresse för i det stora eftersom det egentligen saknar allmänintresse. Vad har det för betydelse, när det sker beräknande brott på andra platser, skrämmande hot mot flyktingar, inbördeskrig på busshållplatser i villaområden, ofta mellan de grupper som sökt tillflykt och äntligen når krigsfri zon, för en stund? Mitt i livet, när de försöker komma undan upptäcker de att grannen är från motståndarregimen, vilket väcker obehagliga minnen, aggressioner och riskerar nya attacker på annat sätt, i trapphusen i en annars helt fredlig miljö långt ifrån deras ursprung. Deras största oro är släktingar som ivrar för hämnd, motattack, när de bara vill freda sig från släktkamp och komma undan, bygga nytt, söka livet, sitt liv. De kämpar. Rädslan ett vapen, ur askan, moteld.

I våra små samhällen blir varje händelse ett reportage, ett scoop, en story, något att prata om. I andra miljöer är den talande tystnaden dominerande, andas genom sitt vinande från naturen.

Tillbaka till restaurangen igen, efter en rask retur, inser du att här är det lunch som gäller. Det andra får samhället, ordningsmakten, ta hand om. Så reagerar vi, och hur många kan behålla känslan av livet inom, vad som verkligen betyder något? Alla har sitt. Kriminologen skall snart ha semester, och försöker förbereda för att själv få ta ledigt. Någon annan får ta över. I restaurangen får du fortsätta ta beställningar, servera sallad och kaffet efter maten.

Gästerna verkar nöjda, de flesta. Livet har innehåll.
Du är medskapare. Nu känns det bättre att få ha sin tillvaro, med aktivt kulturutbyte som du själv får välja. Inga påtvingade behov.

När det blir tomt, och tråkigt, kan du alltid söka dig bort i minnen vid den plats som faktiskt finns kvar. Därför har platser så stor betydelse. Värdigt blir det när du inser skillnader, och att du väljer en riktning du trivs med. Du är någon, och har ett värde. Precis som alla andra är vi delar av ett sammanhang. Små steg.

Under tiden är lunchgästerna på restaurangen klara för eftermiddagspasset, arbetsplatsträffen innan golfrundan och barnens fotbollsträning på fältet intill. Fascinerande. Parallella världar, mitt ibland oss. Som strutsar har vi lärt oss borra ned näbben ("snoken") i sanden, ducka för obehagliga sanningar, vettskrämda. Lagom indolenta betraktar vi hur våra uttryck kan ha sårat grannen, dolda, "snokar" i smyg. Rädsla.

Rädslan att fråga används av maktlystna, ett splittrande attackvapen. Flyktingar som kommer till samhällen med busshållplatser, märkeskläder och ekologisk skollunch har ett perspektiv från miljöer där bombandet bara flyttar stenrösen något, ibland genom att få med en annars fallfärdig byggnad med skör konstruktion. Förstår de, som undrar, vad vi lever för liv?

Det är så stort, livet, att du kan välja.
När du nöjd infinner dig i ditt liv som ger god utveckling, näring och skaparlust, finns risk att du blir bekväm. Du njuter en stund. Bekvämt är bra. Underhåll är nödvändigt. Du vet, känner efter, vart du är på väg. En inre trädgård, en eufemism, förskönande, ett förädlat nödvändigt gott är vår pensionsförsäkring, som vi bär inom. Impertinens, uppgivenhet, rädslor skingras när vi förstår värdet av att varje stund arbeta för det livgivande. Präglade av vår variation finns alltid hoppet, sanningen, någonstans där, vår emotionella karta, en detaljerad palett.

Naturens under lever vidare, lavendelfälten i ändlösa linjer, mot horisonten, väldoftande, episkt, i ett uppvärmt Europa när polarisarna omvandlas till smältande stråk, som virvlande blandar sig med tropiska vatten, åskådliggörande med barnen, respekten för naturens krafter som vi bara är en liten del av, ser hur färgerna i havets strömmar lever vidare. Bekvämlighet är kontrasten, när du arbetat för en hel del.

Dina barn, upptäckande, glada, receptiva, med fortsatt potential att utvecklas. Isen smälter, ombildas, nybildas, strömmar för vidare, återförenar ständigt. Det är värt det, att arbeta för.

Du visste inte att det fanns behov, just där. Du befann dig på rätt plats, hade tur. Tillfället att skapa, i stunden gjorde dig en tjänst. Du lär dig använda redskapen, rengöringsmedlen på rätt ställe, rätt sätt. Sparsamt och bevarande städar ni, trappa upp och trappa ner. Tidningar, frukost och dukning i ett välordnat buffetkök, serveras. Penibelt vid oreda. Målet, uppdukat och klart. Gästerna visar sig tacksamma, återspeglar. Allt arbete belönar, helt ärligt. Rengöringsmedel ger bismak, påverkar.

Rent vatten ställs fram, alltid.

Symboliskt är vattenglaset, liksom kamelerna, en ynnest i den ökenmiljön där mercedes inte rullar långt med sand & (ampersand av: 'et') grus i maskineriet. Vattnet i kroppen fördelas. Fetthalten i kamelens pucklar, inte vatten om du trodde det, varierar med temperaturen för att djuret skall reservera och ransonera sitt energibehov i värmen. Den i övrigt fettsnåla underhuden hos kamelen svettas vid värme, utan särskilt stora vätskeförluster. Det är som bekant syrekonsumerande att bränna fett, svettigt... Kamelen andas ut, vätskan transpireras, avdunstar. Egentligen är det tvärtemot vad den gladlynte gamängen skämtar om kamelernas pucklar. Så, vatten har de för eget bruk, kamelerna, men inte huvudsakligen i pucklarna där fettdepåerna fyller ut. De arbetar, för andra, de beridna, glider fram, ökenskeppen, till sin oas som andas in åt öknen. Det är liv, även i en öken, ser du. Oasens vatten är stilla. Lugnt vatten kan vara giftigt, toxiskt. Det rena fyller på, sanden filtrerar, precis som runt storstaden i skärgården i Norden där de gamla rullstensåsarna utgör ett synnerligen miljövänligt renande filter. Förråden fylls på, renas.

Kontraster.

Hotellet har flera rum, alla olika. Du arbetar, städar. Buffet med bekanta smaker, regelbunden påfyllning i förråden. Organiserande ledarskap förenklar. Flexibla medarbetare ger andrum. Trivsamma gäster ger mersmak. Några gäster underhåller. Andra gäster behöver underhåll, medvetet eller omedvetet. Alla reser vidare, resmålen inom, undermedvetet.

Egennyttan finns där, alltid, på din genomresa, du arbetar för ditt. Med traditioner som "vi ska inte besvära" kan du framstå som enveten, lite enstörig som måste klara allt själv. Du behöver inte förklara. Den som vill se förstår ändå. Barnen kan förstå, förklarar litet. "Kan du hjälpa till?" Vi tar det så olika, så olika gånger. Varför, varför inte? Du hjälper bättre med lite distans till personen, stå kvar, finns där. Kliver du ner i kanoten på fel sätt slår ni runt, "been there, done that". Det var en klasskamrat som fortfarande dyker upp i kontakterna då och då, som fick sina kläder ofrivilligt blöta, oförberedd på paddeltagen ur kanoten. Elden värmde, torkade upp.

Problemlösning, erfarenhet.
Åter till dagordningen, vidare.
Ordning. Black Friday, marknaden för billiga produkter, den största, kom i ljuset efter tacksägelsen (thanksgiving Day, fjärde torsdagen i november) 1961 i Philadephia, USA, landet där så många trender börjar. Skörden ger.
Köer. Beställningar.
Ordningssinnet präglar för att hitta rätt lätt. Truckföraren minns hur gångarna står, fyller på hyllorna, fyller vatten i hydrauliken, för dess funktion i bästa fall. Minnet lagrar, ordning. Ditt jobb med 50 andra extrapersonal i eget tempo, massor av steg, dokumenterade ordrar, adresslappar, IR-dekoder, utdrag, precist system. Teknik.
Din tanke är ändå fri, andas, till liv.
Arbetet belönar. Inspiration.
Vatten ställs fram.

Människans skörhet mot komplicerade krav, kan omsättas enklare. Omsorgen är avdelad, särskiljd från kravfyllda beställningar, tider, arbetsuppgifter, -tempo. Dagordning. De särskilt behövande inom omsorgen, som heter något, har liv, värt mer än trivialiteter och påhittade aktiviteter från andra förståsigpåare när det finns enkel underhållning, en cykel, rundtur. Tvättprogrammen slår av och på. Näthinnan fångar intryck, bit för bit. Förlåtande, Livgivande. Människans skörhet mot skörd. Äkta vara.

Omsorg.
Vänlighet.
Vatten ställs fram.
Du fyller på buffeten.
Köket är lagom ordnat, traditionellt rent.
Du trivs.
Underhåll.
Livgivande konst.

Hunger och törst med god aptit leder till skapande, i rätt miljö, i ditt inre. Kocken, förut, plockar ihop efter disken, sparlåga på spishällen, fritösen sjuder. Nu är du hungrig, igen, gott arbete. Det finns mer, vi ser...

7
Tabloider – tjänare

Så för att klara uppehälle behöver du arbete, med lön.
För att utveckla dina möjligheter, även ditt inre, och med chansen
finner du ett par givande tillfällen. Båda har bäring.
Det ena kräver god fysik. Det andra behöver planering och struktur
med tankearbete. Du söker, fortsätter framåt, och får plötsligt se
mer av närmiljön. En exotisk restaurang, med dofter av rökelse, har
lagts till i ditt medvetande som en del i omvärlden. Det kan fungera
så. Med öppna sinnen har du påbörjat, upprätthåller ditt
undermedvetna som kan vara i en helt annan riktning, med ditt
fysiska närvarande som tjänare i servicebransch. En annan story
kunde beskriva hur en kock med flyktigt humör, impulsivt kan
orsaka att vissa sylvassa köksredskap ibland fastnar i väggen
framför osmidiga medarbetare, efter en välriktad kaströrelse i
vreden över ytterligare en förstörd uppläggning. Det är inte lika
affektivt oberäkneligt i den restaurang du serverat. Hur ska du
återge det på ett intressant sätt? Nya jobb, nya erfarenheter, väntar.
Lagerarbetet, logisk ordning, stegmarkör gjorde visst nytta.

Ni blev fyra personer, bar den tunga flygeln nedför en spiraltrappa.
Skor fastnade, en man klämdes mot väggen, tyngden tryckte över
en arm som kunde ha fastnat riktigt illa. Det är gynnsamt med det
arbetet, när alla medverkande har flyt, är utåtriktade och ger
service. Vad få tänker på är hur skört det är, arbetet, särskilt när
lasten inte bevakas hela tiden vid kajen där några individer med en
helt annan affärsidé kan få uppslag. Det är spänning i tillvaron.
Ständiga hänsyn, omsorg och intressen upprätthåller ordningen,
vid sidan om lagen och ordningsmakten som tycks ha uppdrag på
andra håll tills de dyker upp efter en stund. I lastutrymmet kunde vi
ha annat än fysikaliskt abiotiska objekt. Människohandel och
smuggling undviker en etablerad flyttfirma, eftersom det kan leda
till onödiga kostsamma procedurer utöver otympliga antikviteter
som har materiella pris, som på vissa håll får mer uppskattning än
det faktiska affektionsvärdet. Livet är så mycket, mer än teamwork.
Ett riktigt arbete, som är handfast, konkret, ger mening.
Det är människor bakom varje handtag, Utbytet kan bli gott.

Med de intellektuella utmaningarna vid sidan om blir det stimulerande. De sociala granskningarna hos medarbetarna i det gör dig vaken, klar. Efter ett tag är du inne i jargong, eller inte. Du väljer. Det går att hantera, med valmöjligheter som du aktivt vaskar fram efter hand, för det mesta. Du bär. Det har mycket större betydelse än du anat, dina uttryck; Flexibilitet vs. Logik. Att bära är att lära. Någon gång, utan att du är aktiv, får du tillfället, en fråga. Eleven lär, du lär, levandegör. Det bär. Där, i livet följer möjligheter att förädla, odla och vårda något vackert inom. Det gör gott.

Från restaurangen i småstad till kajen i en större stad, där du kunde ta båten, söka arbete som skepparlärling för att få se resten av världen utanför. I ditt liv kan det innebära något annat än du är tänkt för, och kanske inte ens ska. Resan inom är med längtans energi som drivmedel och passionen som skepp i ditt sökande efter helhet. Mayafolken i centralamerika kan ha förklaringen på största gåtan med sin tideräkning, den där Tzolkinkalenderns konsekvens till skillnad från deras oroväckande Haab-kalender med de obligatoriska fem otursdygnen i slutet, samt tillvarons nio insikter för livet. Det vore ett misstag att försöka sig på en förklaring av det, i synnerhet som deras krigsberäkning lär utgå från särskilda startdatum i en kalender. Det låter svårt.

I storstäderna är protester, demonstrationer, ställningskrig och terror på gatorna med profitörer, poltikerförakt i semantisk krigföring varje dags journalistik i media. Fula metoder mot Gula västar. Någonstans är debatten fylld av humor, mitt i allvaret, för att överleva trista monologer (ungefär som en bok kan vara). Allt du gör beror på vad som lockar, engagemanget.
Vad söker du ?

Tillbaka hem, där du känner igen dig inser du att äventyr sträcker sig långt bortom, inom. Dina barn vill höra dig berätta. Ännu är kortspel, närvaron med dem på ett kafé hemma bättre. Det är så mycket bättre, för helheten. De är del av dig, skall alltid få hitta hem, precis som du, när ni kan. Alla berättelser, resor, erfarenheter kan presenteras så olika. Du andas ut, vilar.
Tuvan på myren.

En del blir action, fast det inte var det.
Annat dissimuleras fast det redan är innehållsrikt, spännande i din story. Vad vill de veta ? Vad vill du att dina barn ska känna för sitt bästa? Det vet ingen annan.

Så, återigen i bilen, en av de där bättre begagnade som fungerar, trots allt, på väg hem, till din nyfunna kärlek, har du ändå möjligheterna. Hittills är det bara en början.

Du formar en tillvaro med delar du väljer, trivs, anpassar, följer en bit på vägen. Det kombineras, i livet, som är en helhet. Var sak på sin plats. Alla yttranden marginaliseras i mängden, får till slut mindre plats, eftersom du fyller på, aktivt fortsätter du arbeta, livnäring, förstås. En kortare strapats i Sibirien skapar klarhet. Du ser cyklisten regelbundet där, andäktigt betraktande sitt otium, mitt i livet som är nära komplett. Är det därför människan tvivlar litet ? Tillvaron balanseras med litet tvivel för sin trygghets skull ?

Bilen, en av de begagnade, stod kvar vid stationen, körklar. Det nybekanta resesällskapet behövde skjuts mitt i natten, tacksam att få sitta bekvämt. År 2012. Det är genom att ta hand om som vi har kvar vad som betyder något. Det är så klart för stunden, andrum. Det är för livet, andrum, tänker du.

Motparten?
Varje gång du försöker nå konsensus, samförstånd, möts du av ifrågasättanden, till och med blir du beskylld att vara något som är uppenbart osant, fel. Tror du på karma ? Allt du ger ut får du tillbaka ? Det stämmer visst, på mycket. Stämningen bidrar du till, alltid. Vad vill du ha, och vad drar dig vidare, får dig att välja läge? Du vet vad du sökt, och andra sökte samma. Är det möjligt att förena? Det ena utesluter inte det andra. Lycka är en skön upplevelse att upptäcka hos andra, när du ser hur de tycks vara tillfreds med sin tillvaro. Inte? Försök, se igen! Det är vackert att se lycka, som när du lyckas förekomma i inköp av en sådan där hopplös 70-tals lavalampa i olika färger som ett av barnen blir stormförtjust i. Glädje, att just du grep tillfället, just då, gav mer. Det är tidlöst och vägvinnande, ger evig energi.

Vad saknar de missnöjda?
Med ångest som överlevnadsbränsle kan vi lära oss förstå så mycket
av vår ofullkomlighet. Utan ångest är vi tömda. Kär och galen har
du också ångest, någonstans inom i någon form. Det är bra, så
länge det håller sig lite lagom påmint så där. Ångest väcker våra
känsloandar till liv, ger oss insikter, förnyar, upprätthåller, skapar.
Det finns gränser. Lycka i det lilla.
Tur, det är bara början. Allt ont har en ände.
Allt gott tar vid och fortsätter.
Vad tror du om fortsättningen?
Skepparlärling ?
Du skriver storyn, själv, i ditt liv.

När du äntligen tagit dig ur en situation, återfått rörlighet i kapital,
arbete, år 2011, sökte du bostad närmare dina barn, ordnade arbete
i närmiljön, med följande, möjligen förväntade, påhälsning av
ordningsmakten, igen. De undrade vad du gjorde där. Arbete,
uppenbart, lagligt. Inbjudan direkt till förhör, konfronterad direkt;
Trots att första förhöret, på din nya arbetsplats, spelats in, gjordes
ett nytt försök med liknande resultat att det saknas grund för såväl
besökförbud som att följa efter dig mer. Kärlekens väg fungerar
alltid, när det är äkta. Den är obunden till person, vill allt gott och
hoppas gott. Det ger alltid liv och förnyat förtroende. Du fortsätter
arbeta i närmiljön, för barnen har fortfarande behov av din närhet,
under uppväxten. Det kommer att visa sig mer senare.

Bett i debatten friskar upp. Med den olycksaliga oförmågan att
fömedla något intressant bidrar till slut de små ordkrigen till skada,
liksom vedervärdiga övergrepp i redan söndrade miljöer.
Ödeläggelsen når olika nivåer. Människans helande skapar
paradoxalt nog öppning för mer lidande. Är det meningen?
Lugn och ro, tänker någon. Mer spänning, söker en annan.

Hur en part kan vilja traumatisera så mycket, i ambitioner att
sortera ut en annan förälder från gemensamma, oskyldiga barns
familj, är svårmod. Anspråk på dig, din familj förskjuter barnen
mer. De blir isolerade öar. Vänta nu, en tillbakablick, det är givetvis
så med hänsyn till omfattningen av alla absurda påståenden.

Vad som är sant har många svårt att tro, för många följer massan, rykten. De billiga primitiva försvaren skingras när verkligheten är uppenbar, koncis. Du står mitt i korselden, med barnen. Beskydd.

I modern tid har ett av världens rikaste oljeländer, Iran, fossila bränslen, oljefyndigheter som inte når marknaden. Olja är makt, störst kör först, manipulation vs. diplomati. Iran är kulturhistoriskt händelsefyllt. Perserna idag har västerländsk approach, och hög anpassningsförmåga. Samtidigt härbärgerar Iran tusenåriga konserverande traditioner, engagerande moderna samhällets frihet, jämställdhet och jämlikhet, att införliva. De klassiska fyra stånden, adel, präster, borgare och bönder ser olika ut i många länder. Skillnader har i de flesta samhällen inspirerat marknaden. Det finns även hos oss, obemärkt kamouflerat i samhället. Vem var den där personen, insvept i vitt, på torget, mitt i småstaden? Iran är inte helt exploaterat på olja för de motverkas av starkare, än så länge, ekonomiska fundament. Stöld, justitiemord, hot. Kalla krig. Huva ! Nya zoroastriska testament, glödande eldfesten Nouruz, som botar sjukdomar, löser en hel del för de som tror.

Den var för tunn oljan, när du ännu en morgon varit hemma, skottat snö kl 01-03 innan du lyckats somna varmt ombonad hemma i egen skön säng. Snöfallet skulle täcka bilar och utfarter på morgonen. Bättre var det att skotta klart, alla 40 meter uppfart till garageplats och in i huset, innan du kunde somna gott och komma bättre i form, hyfsat utvilad. En timme räckte den gången, precis vad du behövde för du visste att du kunde fortsätta slumra, i drömmen, senare samma dag efter plikterna. Oljan var för tunn. Det var -38 grader, bilen körde inte, parkerad nedför backen vid sjön. Stjärnklart. Isen på sjön var snötäckt. Det lyste i granngården, väglyset, ännu en natt, tidig morgon. Skjuts 20 km till morgonbussen, tåget, framme i god tid. Bilen stod kvar, väntade, oljebyte, såldes vidare. Kyla konserverar. Värmen livar upp. Tågresan, en timme, utmärkt vilotid. Du lär dig vila på resan, mellan tuvorna i myren, som väcker upp.

"Varför gör jag det här?", tänker du. Svaret är självklart, samma varje gång: För barnen. Dina barn ger dig bekräftelse på vem du är.

Se dem, ge dem allt gott, och möjlighet att behålla dig som en god förebild, för din skull, hela Du. Deras situation blir bättre i och med det. De andra har sitt. Resonerandet, funderandet, som den åldrade på hemmet sa, "Doktorn, den där medicinen, den var rätt bra. Nu har jag inga sådana där funderationer längre". Något talar till dig, genom andra, särskilt när du i ditt innersta inser att du nyss träffat den du alltid sökt. Då faller allt på plats. Allt på vägen, lockelser, förberedelser, frestande erfarenheter. Kärnan, vad som betyder något i det stora sammanhanget klarnar senare. Precis som våra episodiska minnen, som vittrar vid demens, har livet mening.

Tiden. Ögonen. En medelålders lärare drabbas plötsligt av afasi, ofrivillig mutism. Ögonen spändes upp av fasa inför familjen som uppenbart feltolkat situationen, betraktande total ordblindhet som helt bortkopplad. Det deklarativa minnet kunde vara påverkat, fastän människan är vid liv. I det läget skrämmande för den drabbade som förstod mer än så. Ögonen återfick själens lyster, lättnad, sådant som vi kan läsa av hos varandra, bland annat, i några andetag, över vårdgivarens trygga besked att medvetandet är klart ändå, åter. Ge det tid. Läraren som skötsamt skyddar sig med hjärngympa, stavgång och meningsfulla dialoger drömmer om att få tända stjärnor i barns ögon, ett hemsnickrat uttryck som just den gången. Det lilla verbet "få" är så lätt att glömma. Att få andas, få leva, få älska. Det är största gåvan. Att få ta del av dina barns naturliga glädje, stjärnor på vilken himmel som helst. Du är deras himmel, de lyser upp. Tänk, att få ha så stor betydelse, i det lilla. Längtan är som ljuset, når fram till slut, även om ljuset enligt skolfysikens lagar avtar med kvadraten på avståndet, d v s mattas av så når det ändå fram, anas, andas, anknyter.

Barnen, dina barn, är tillskotten, väckarklockorna. Skalmans ur är bara ett verktyg för din vila, på vägen. Oljan, friktioner, kontraster, förstånd och oförstånd. Läkaren frågar hur det verkligen känns. Servitören behöver inte fråga om lunchgästen tror sig ha tänkt igenom sitt val av dagens lunch, hur länge det känts så. Målet är serverat. Skepparlärlingen klarar sig, genom att lära sig segla, riggar, durkdriven utan cykel.

Cyklisten, i sin tur, den dagliga, i livet, har det bra, bättre än, ifrågasätter ändå. Sibirien så nära, oljan smörjer cykelkedjan. En blomma till en blomma, åkerbäret. En kvist. Träd, talar till dig, kramar, fortsätter genom dig, med dig. Kärleken, komponerande, lyssnar.

Den livlösa kroppen är omhändertagen, borta. Du andas. Small town, big business, eller tvärtom? Din fysik, de långa resorna, förflyttningarna, bidrar via fria val, ditt valda sätt som de inte kunde tänka sig, förståsigpåarna. De förväntade sig ett nötande på en parkbänk, hållande en brunpåse, påsar på fötterna, höstrusk, utmärglad, suktande efter pengar så som de tänker situationen för sin egen del, trängtande oanande.
Rekyl.
Insikt ger lugn.
Ser Du?

Perspektiv?
En annan betraktelse ur livet,
tyckte bonden, en äldre, uppgivet:
"De hade så bråttom, de där som drog förbi,
* tackade nej till pratstund vid min koloni,"*
Stafetter det verkar överdrivet.
Perspektivet, ett annat:
En löparstafett mellan två nordiska städer, 250 km, längs latituden knyter ihop nu och då, här och där, hit och dit. Ett mål, från ena eller andra hållet. Det är tradition. Sträckan i linje, på tid, blir kors och tvärs mot bondens reflektioner över det nativa, varandets cirkelgång. Kräftgång? Kräftor vänder 180 grader och kutar framåt, krabban, däremot, går i sidled. Reversering.
Krabbgång? Aldrig hört uttrycket, vilket har sin förklaring i att ingen använder den ordalydelsen.

Ordalydelser, semantik, språkbruk är murbruk i att göra sig förstådd. Kommunikation har bäring, en riktning, mera på ditt sätt, med fria val. Fantastieggande tänka sig det globala språket, mycket större, som går över tid och rum, tar rymd. Varje "nu" blir en del, i en helhet. Du känner.

8
Trigger – tacksamhet

Därför blir det så kännbart när arbetet för vad du älskar mest hela tiden trycks undan. Mycket har du kvar att lära, att få uppleva. Vem är det som vill dig så illa? Varför? Vem kan du ha sårat så för att tvingas arbeta så länge för ditt lilla ? Samvetet har svaret. Känn, du blir förlåten när du ångrar även sådant sagt och gjort. Arbetet du utför är en del av dig. Livet är större. Allt får betydelse. Du väljer.

Med fortsatt frenesi, vilar litet i steget, tar du dig vidare, arbetar, lever, söker och finner: Livet är fängslande, du går fri i och med det! En cykeltur i Sibirien. Ett UFO. Hundar på stranden. Kärleken är livgivande, du är fångad av den i och med det! En badplats. En familj. En kyss.

Omskrivningar, bilder, minnen, försvar, utveckling (Kinesiska ordet Kris översätts till möjlig utveckling, befara). Varje gång du lyckas hela uppstår något nytt som du helst slapp utstå. Vi är ofullkomliga och resan ovan vattenytan innehåller utmaningar. Du kan se dem, strunta i dem, ta hand om dem, helst lösa de du kommer att ha nytta av, stimulerande på din resa i din utveckling. Vad förväntar du, vad krävs av dig, när du gör mer än du behöver? När du attraherar någon har miljön betydelse. Tillfället gör tjuven. Målet får bli en oberoende situation, där den finns. Du är del i ett sammanhang, alltså beroende för din existens. Du kan välja att låta det påverka dig eller inte, söker.

Ditt arbete för barnen, närheten, är så nära sanningen du kan komma. Därför är det rätt val. Du jobbar för livet. Vad andra ser utanpå dig är inte samma som du bär inom. De finns där, levande miljöer, som andas in och andas ut. Det vackra är en skir slöja, ljuset genom bokskogens kronor strimmor i höstlöven på marken. Där har du en möjlighet att känna, andas, den rena miljön som ger liv. Inom har du mycket, flera år och vad som verkligen betyder något vårdar du för att kunna ge. Då får du liv, när du kan, vågar, ge vidare. Allt gott är till för alla, dig med. Börja arbetet med dig själv. Omgivningen avslöjar vad du behöver och vad de saknar.

Du har märkt att, efter många års arbete, genom att erkänna, tvunget eller inte saknar relevans, till slut kommer sanningen ikapp. "Sanningen skall göra er fria" citerar en författande trons väktare, i sin stadiga upplysning emot den destruktiva näthandeln med utsatta beroendepersonligheter. I ljuset av sanning tvingas de som fördömt dig att till slut be dig om hjälp, kanske testar de dig. Oavsett orsak till deras kontaktsökande får du en ny möjlighet, tack vare livet som du sökt och funnit en del. Den möjligheten är att bekräfta, handla ickedömande förlåtande och ändå med tydlig respekt till dig själv, genom att svara som den du är, handla därefter utan att fördöma. De som tidigare dömt ut dig, de du tillåtit bidra till din situation, inser något mer av vad du faktiskt hållit tyst om, utan att prata om det. De kunde inte förstå på rätt sätt, innan. De var låsta i att du gjort fel, skulle lära dig. Vilken tid det tar, att få andra att öppna ögonen. Utan att nämna någon särskild, ange något särskilt mer, ser du sambandet. Allt du gör har betydelse, på något sätt. Du börjar städa. Du städar. Städa rätt ger lön!

Tacksamhet är att kunna se, och få möjlighet att göra om, göra rätt innan det går överstyr. Du är värd det bästa, kärleken, oavsett. Den finns där. Det fina med kärleken, precis som beskrivet, är att den drar vidare om den inte blir emottagen, ärligt. Det är inte alltid du finner en person, någon annan. Vad söker du? Varför ?

I våra utbildningar inom vård och omsorg finns kurser som kallas propedeutik, förberedande till inlärning. Filosofiskt, medmänskligt, inkännande får vi lära oss att frågan "Varför" alltför snabbt skapar försvar, skuldbelägger och blir därför en dålig fråga i en utsatt situation. Du har dig själv att fråga: "Varför ?" Det fina är (inte i kråksången, som man kan undra hur den låter egentligen) att bara en total ärlighet inför dig själv ger rätt svar och automatiskt vägen till en god lösning, avslappnat rofyllt. De förnekande processerna håller vid liv tills dess sanningen kommer i kapp.
Du som är intresserad kan läsa mer i journalistens Gitta Sereny dokumentär, som förlöste en av mänsklighetens styrande aktörer ur pansarbarriären inom till ett steg närmare insikt, fatalietiden avlöst. Sanning befriar, avlöser, hjärnprogrammet. Konsekvens. Allt vi gör har betydelse, medvetet, undermedvetet och omedvetet.

Överraskning är det omedvetnas nyckelhål.

Någon, något, bär nycklar som passar. Du väljer.

Ditt undermedvetna är med dina röntgenblickar din verklighet, det medvetna är det tapetserade på ytan. Killarna i flyktbilen fastnar lätt i sin tapet, glömmer, kunde fly hals över huvud i sin bil i hetsen studsande över vägarbetet och landa uppochner (hals över huvud) på andra sidan. Än en gång löser livet ordningsmaktens statistik åt dem, bonus i rapporten. Eller, som när en patient faktiskt fick fel organ opererat, enbart en kritisk rapport, känslorna glömdes bort i statistiken. Allt det är möjligt. Konsekvens.

Därav Commedia del'arte, Monty Python m fl hedersuppdrag för livet, upplysningen om läget. Samma krav ställs på en komiker, om inte högre, som på dig, att närvara. Alla förstår inte din humor eller ditt sätt att se. Så länge du gör gott, vill väl, är det ok (ett tvåhundraår gammalt OK, USA presidentens Martin VanBuren, 1837-41, smeknamn Old Kinderhook, vet du?)

Eftertanke, courage för möjligheten att kurera, förlåta när du blivit slagen, förlöjligad, förnedrad, idiotförklarad, när varje handling, vilken inte går så smidigt som du arbetar för, blivit fel. Om det känns så, då lever du. Vad behöver du för att leva gott, smärtfri? Själv är både för och emot.

Du söker liv, har fått det, kan andas in. Du behöver inte mer, fortsätt verka med det goda. Upptäck sedan att du är i en ny situation, hjälper någon annan i tufft läge. Det sker oförberett, och oplanerat för vårt medvetande är ofullkomligt. Möjligheten är där, om du är osjälvisk. Det sker av sig själv, kan inte förställas. Det äkta har livskraft. EGO vill ta, har begäret. Kärlek vill ge och du får. Vi är alla lika, små, kämpar för livet, var och en med aktionspotential. I allt arbete du gör för ditt bästa är risken lägre att du skall skada när du gör det med omtanke, omsorg för din närhet också. Enbart särskilda personligheter, s k skrupelfria, (skrupel=samvete), tar sig fram utan omtanke om sin nästa, om andra. Dessa personligheter har särskilt ömma tår, som du kan applicera din kroppstyngd på, hindra deras framfart litet med viss risk, komplicerande moment i att du hämmar dig själv mer än du gör nytta för den sak du tror på. Riktningen blir avgörande för konsekvenserna när du vill hantera en omgivning med eller utan skrupler.

Pengar, allt tjat om pengar. Vi har dem för att balansera ett fredligt medel för våra varor och tjänster. Du gör något kontroversellt när du bestämmer dig för att arbeta med så låga intäkter som möjligt, delvis för att det enligt bokföringsnämndens rekommendationer inte skall bokföras nollkvitton, där dina faktiska utlägg är i samma storlek som din intäkt. Det blir smidigt, tills vidare. Att skäligt hålla ned intäkter, emot vad du egentligen kunde ha använt dig av, eliminerar helt ett sidospår om att vara pengajägare. Nä, livet är enklare, och högre än så. Sedan i nya miljöer upptäcker du det sunda i hanteringen av pengen som ett fungerande medel i utbyte av tjänster. Då blir det ärligt och motiverar till arbete, även för rätt sak, i god miljö.

Du har nu nytta av dina tidigare år, och att faktiskt ha tilliten med dig. De flertalet vänner, bekanta, och köpare som du tidigare efterskänkt en hel del visar sig nu vara intresserade att ge sitt stöd som du nödvändigt, och som tidigare, delar med dig av till bäst behövande. Vad ingen vet är att vad du faktiskt tjänat i lite lön på rätt sätt har du givit vidare i den riktning det gör nytta, ordinära transaktioner för bostadshyra, hellre än de uppgjorda räntor och bodelningsunderlag samt underhåll som refuseras av motparten hela tiden tillbaka när du erbjuder kontanter. Vad du överfört till motparten (som det ju kallas, minns vi, inom juridiken, och egentligen borde vara medpart när det gäller Era barn) räknas bort, när du fortsatt får upprepade indrivningshandlingar hur nu det är möjligt. Hur skall du kunna ha något gemensamt med en sådan motpart? Tilliten från alla de som med sina tillskott efter förmåga visar sig vara återbäringen till dig, blir bekräftelsen på hopp, sanning, framtid, och tacksamhet.

Du arbetar vidare, för att återge helheten, som ännu vilar i sin linda, efter några rader, ett axplock, till den här lilla novellen för vems skull? Din story, fortsätter med Dig, ge Dig själv innehåll.

Hela livet är pinsamt, sade tonåringen.
Det blir som det ska, sade någon.
Så mycket bättre...
Och Du...

9

Tvättar – tvivlar

Rummet är städat, i varenda vrå är rent, nyvädrat.
Förra gästens lämningar visar en personlighet.
Den flinka renhållerskan i centrum, med sin hjärnaktivitet,
går snabbt igenom rutinerna, puts och studs, ordning ur KAOS.
Där är det igen. Med en målmedveten inställning, för att livet
innehåller mer än arbete. Arbetet är bara en del av livet för vissa,
ett tvång för andra, obegripligt för det mesta.
Precis som i versen, minns du, Diktonius från Finland, när ångorna
från de två kvarglömda paketen under sängen visade upp sina klara
färger, det ena rött, det andra svart. Dofterna från danska
brännsvinsostar når långt ut i korridoren, fantisera litet
åtminstone, verkligheten är kännbar, luktar. Mixen av ammoniak
och flyktiga aminer/doftämnen, från gammal ost, känns i näsan,
sticker en del. Du nyser. Andas. Tur det är renstädat. Är det inte
märkligt att du med dina sinnen kan föreställa dig en doft, fast det
är nyvädrat? Tur du inte visste innan du fick veta. Det rena luktar
gott, även om där finns smuts, bismaker ett tag, så säger det något.
Härligt. Pro Sit !

Du sitter i restaurangvagnen på tåget, igen, resvan och öppen.
Några andetag, handlar litet, vilar, receptivt. Lyssnande och vaken
när du vilat klart får du ibland besök.

Pojken som kommer fram till dig är tio år, säger han, och har ett
namn. Med en lagom otvättad, troligen lera från fotbollsplanen
nyss, T-shirt, ett par shorts och knutna gympadojor av okänt
märke. Skomärket är ointressant för Dig, emedan somliga kan ha
sina mål i att vara perfekt utmärkta.

Vad har det för betydelse, i stunden, tänker du.
Han sträcker fram handen, hälsar artigt, presenterar sig och frågar:
”Kan du bjuda mig på lunch?”
”Visst...”, svarar du, anar att något inte står rätt till.
”Var har du dina föräldrar?”, fortsätter du,
”De kommer snart, från andra vagnen”, säger pojken.

Sagt, och gjort, använder du ditt kreditkort som fungerade tack vare den långsamma hanteringen av inköp på tåget liksom på andra ställen. Han äter, ni småpratar litet. Du frågar fortfarande. Konduktören kommer förbi, ler och allt verkar lugnt. Personalen i restaurangvagnen observerar.

"Jag är på väg till min mamma", säger pojken, efter några tuggor, när du frågat närmare bestämt.
"Ok, du har pappa i vagnen bredvid?"
"...jaa.."

Något stämmer uppenbart inte.
Du känner efter, vilket vi bör göra oftare, känna hur det verkligen är. Allt som sägs kan hänga i luften, sakna samband. Tolkningar, värderingar, underligheter och underfundigheter. Allt ifrån smått alienerande resesällskap till stunder som den här. En ofattbar, nästan surrealistisk händelse i sin helhet, till sanning så autentiskt enkel. Situationen mynnar ut i att du frågar om pojkens pappa inte undrar var pojken, sonen som nu ätit klart, är.

Plötsligt byter pojken samtal, börjar blanda ihop, och genast förstår du. Han säger nu att mamma sitter i vagnen intill, att han är på väg till sin pappa. Pojken tappar tråden, vilket visar sig bero på att han är rädd för att bli ertappad med att hitta på, fantisera. Men, det är ju så mänskligt, levande. Ungefär, som när Du återberättar det här, från rummet, restaurangvagnen, inte skulle bli trodd. Du kontaktar tågvärden, konduktören, som känner igen pojken. Med granskning av passagerarlistan från igår, fredagen, eftersom konduktören i sin retur lyckligtvis kände igen pojken, som med sina karakteristiska sätt serverade en fantasifull historia, börjar sökandet.
Ett telefonsamtal till pappan, som pojken också kunde namnge, ger rätt historia, ordning. Pappan som kontaktats, blir upplyst att pojken uttryckt att han är på väg till sin mamma.

I verkligheten hade pojken rest med sin mamma dagen innan för att träffa sin pappa. Du tänker, föräldrar som samordnar, för barnens bästa, och ändå blir det, kan det bli, så annorlunda mot vad de tänkt. Pojkens första version, att han är på väg till sin mamma, besvaras lugnt av hans pappa som i sin tacksamhet över att få kännedom om att allt tycks vara tryggt och ordnat, uttrycker att pojkens mamma står bredvid honom. Pojkens föräldrar stod tillsammans på perrongen i en stad, där han med en tjuga, den tjugolapp (tjuga kan föra tankarna till något annat, ett redskap som leder till uttrycket "Bättre en tia i handen än en tjuga i foten" en meningslös sällskapsvits kan förklaras v b) han fått i handen tagit sig på bussen till tåget, fascinerad av tåg, kliver på som i en längtan att få resa, oanande om vilken resa det kunde ha blivit. Ett obevakat ögonblick, reslust, och möjlighet. Där går livet vidare. Pojkens pappa svarade "Men, hon står ju här, bredvid mig" Så fick ordningsmakten visa sin omsorg, förträffligt en gång, arrangerade att möta upp vid nästa större station, samt med en säkert ordnad transport föra pojken i retur till hans nu smått chockade föräldrar. Chocken, som bekant, kan komma efter en händelse. Vad de inte visste led de inte av. Konsekvenstänk utvecklas efter hand. Det är osagt om pojken kan ha haft anpassningsbehov, i s k autismspektrumtillstånd med sin oförmåga att förstå omgivning, eller så är magkänslan som han inte kan beskriva med egna ord en säker inre kompass som leder honom i trygghet även på villovägar. Tro eller tvivel? Rädsla? Tage Danielssons träffande poesi: "Tron kan försätta berg, men tvivlet kan sätta tillbaka dem igen". Utan tro kommer du inte vidare, med andra ord.

Tågvärden som betraktat hela förloppet, när allt löstes gott, belönade dig generöst med mer att få, värdecheckar som kunde användas på tåget, i en av dig väl vald riktning. Det är inte beskrivet här om du behöll alla själv, eller delade med dig. Du har möjligheten att välja, mest lämplig användning av den resursen. Det oväntade på tåget i färden, piggade upp en ganska luguber, dyster, tillvaro.

Alla rummen bär sin egen hemlighet, med eller utan sekretess, har sin charm, hur du i ditt arbete för dina barn, som du knappt får träffa, får möjligheten att vara en god ledsagare i en helt annan situation utan att du själv bett om det eller tagit vad som inte är ditt. Sunda förnuftet är ditt pass.

Pojkens tröja var smutsig, men inom finns det oklanderligt oskuldsfulla och godtrogna barnet som vi alla har en plikt att värna om, liksom i oss själva, vårt eget. Våra rum är fyllda av sådant som kan minnas, bearbetas och användas senare i livet. Ett barn som bara ber om bekräftelse söker så mycket mer än just då. Det är inte uppmärksamheten. Det är hunger, nyfikenhet och upptäckt som leder in i nya världar, nya rum som har ett sammanhang. Vi tvättar av oss smutsen, betraktar tvättmaskinens trumma med ögon som snart skall hypnotiseras av det regelbundna snurrandet som med sitt dova maskinljud kan ge dig tillfället till avkoppling, om du har det behovet, just då.

Ett förringande, att säga: "Såja, det går över" är inte detsamma som att sitta en stund, lyssna litet, hålla en hand i din. En liten hand, en fyraåring som hjälpte till att måla hyllorna i ett ekskåp fick för bred pensel, din tröja fick ny färg: "Såja mamma/pappa, det går över..." Livet, sätter färg. när du är med. Upptagna av vår egen smuts, som kastas in i tvättmaskinen, med dig yrsligt betraktande, konfusorisk när balanssinnet påverkas, räcker vi inte riktigt till. En fyraåring hade lärt sig, tillit, liten hand. Nära. Runda förnuft, mjuka begrepp.

Tillit, sade en, är salutogent ett palindrom, likadant framlänges som baklänges, i text och betydelse, verkar i båda riktningar lika. Att hålla handen ger bättre respons än undanflykter, kommentarer eller låtsat förstå. Annars kan det orsaka obalans, och förvirring.

Tänk så här; Under tågresan, din livsresa, sätts du i rörelse och med dig följer balanssinnet, öronens båggångar och endolymfan hänger nu med. Tåget stannar, endolymfans tröghet gör att den inte riktigt stannat upp, signalerar en del obalans. Så blir det i livet. Du ser på marken utanför som tycks röra sig, fastän du står stilla, vet säkert, känner. Om du kan hantera den korta stunden 20-30 sekunder innan allt återställs igen, endolymfan återfår promenadhastighet, 7 km/tim, mycket bättre än snabbtågens 200 km/tim, så upptäcker du att ögonen får signaler, synintrycket, samtidigt med balansens triggande. Det är simultant, så. Tvätten snurrar runt runt, ögonen med, öronen är stilla. Det tar olika lång tid för alla, anpassningen. Du blundar, jobbar vidare, som den där gången:

Precis som pojken hade sin favorit-T-shirt, ingådda skor, och skrapsår på knäna, precis så hade mannen vant sig vid sin situation. Båda hanterade med stor sannolikhet livet rent av tacksamhet, och de kunde tvätta på samma pragmatiska sätt, inte för ofta. Tvättprogrammet är anpassat. Mannen var bättre van att ta hand om byken, sin byk och andras byk, inte minst som busschaufför. Ett minne från år 2001.

Den äldre mannen, pensionären, som nyss av sjukdomsskäl avslutat sin yrkeskarriär hade ett anspråkslöst hem, med moderna mått en primitiv stuga, en tillflyktsort, nära naturen, utan elektricitet, veden som ger värme alla gånger du hanterar den rätt. Tillgivenheten, tilliten, är bränslet i livet, familjer, skolbarnen, turister och ibland någon granne som behövde ta bussen till grannbyn för att hälsa på en släkting. Ett enkelt hem, ett värdigt liv. Det sägs att det var jordgolv. Den akuta situationen med minnesluckor, som kan uppstå, kunde visualiseras på en datorröntgen. Den visade förändring i språkcentrum utan att påverka övriga motoriska enheter.
Hjärnprogram: Ny.

Mannen flyttades till det nybyggda, fräscht bekväma servicehuset, med grannbarnen som säker vårdpersonal. Då slog den till, förvirringen. Det gick inte att hantera. Den anhörige förklarade att det liv som varit är förbytt. Den komforten är inget mannen vill ha, eller kan förklara sig inte vilja ha. Hans hem var hans borg, hans trygghet. Vid tvångsförflyttning blir det sämre, depression, reflexmässig respons på sämre funktioner, kommunikationer som inte fungerar som förr, nya tapeter, lukter och avsaknad av det liv som en gång var. Han känner, kan inte uttrycka. Vi undrar hur vi ska ta hand om varandra, när allt vi vill väl inte respekteras.
Någon säger att vården går på knäna, som viker sig. Det kan bero på att vården försöker med mer än vården är kapabel att klara, eller ens ska ta hand om.
Överarbete på gränsen till överförmynderi.

I ett politiskt sysselsättningssystem med människan som resurs är bidragsberoendet nödvändigt ont för att ge flertalet självpåtagna hjälpare något att arbeta för. Minsta motståndets lag lurar, följer av ekonomi och marknadskrafter som styr, när vi försöker köpa oss smärtfria.

Citat, taget ur sitt sammanhang:
"Too many people spend their health to gain wealth. Then they spend their wealth to regain their health."

Den mannen tyckte sig veta vad han gjorde, innan det förändrades. Det blir som det ska, sade någon. Obrydd, på ren norrländska, helt ointresserad hur allt kommer omkring var han klar på att den nya bostaden var inte riktigt hans dröm. Därför fortsatte livet en tid i protest. Sedan fortsatte det, och dina erfarenheter vandrar vidare. Förundrad. Nu vet vi att utan omsorgen kunde läget klart försämras, eftersom det ofta blir följdkomplikationer vid skador eller akuta sjukdomstillstånd.

Du noterade att i hälsan fanns det inte pengar i överflöd. Den tjugolapp, tjugan, som pojken hade, kunde han använda på ett sätt, en liten resa, som givit fler tankeställare, om livets mening. Mannen som påtvingades, enligt vårdgivarna rekommenderades, sociala omsorger via skattsedeln i vårt överbeskyddande land klarade sig bra förut, innan. Under tiden har Iran med kvarvarande reserver i oljefyndigheter börjat prospektera och anrika sitt Uran. Uran för kärnkraften, med omvärldens farhåga över lystna blickar till arsenalen för ett annat rasande fyrverkeri i tillintetgörande. Klyvning.
Därför har vi ändå någon ordning. Busschauffören hade lyckats med bedriften att inte skada andra, tog själv skada av något. Olyckor hanteras olika. Uran från Iran, underminerande i en stad, Teheran, för nästan 9 miljoner invånare. Konsekvenstänk. Uran från glesbygd, ödeläggande. Naturkrafterna får ett annat värde. Vatten-, vind- och solenergi, luft- och bergvärme ger alla plats för människan att växa. Frågan är om vi kan analysera när vi växer oss ur kostymen, vår natur. Realkapitalet, människan, får balanseras, närvaron i naturen mot frånvaron av rent vatten.

Den äldre mannen, afatisk, har kvar sin fysiska styrka. Han visar prov på det genom att lyfta upp en stol, sätter sig sedan tungt ner uppgivet suckande. Han har förstått läget, men inte accepterat det. Hans ansikte med sorgsna ögon över hur hans krafter nu inte kan användas på för honom bästa sätt.

Vårdyrket informerar, ställer krav, skapar märkligt nog närhet med sin distans. Det lyser med sin frånvaro, axiomatiskt avtagande med kvadraten på avståndet räknar vi ut. Inom akutsjukvården, psykiatrin, stöter du på det mest allmänmänskliga som du bara kan hantera genom ett personligt, professionellt bemötande. Alltså, du är personlig, har ett namn, och har en gräns. Ditt arbete diskvalificerar dig från allt privat sammanblandande med de vårdkrävande, vilket kan tyckas självklart. Det kräver en del tålmodig träning. Du gör demenstester, psykologiska tester, enkäter, frågeformulär, neurologiska bedömningar. Eftersom det är så stor variation, sammanflätat till en helhet som är individuell, behandlar du uppgifterna så exakt du kan, genom att dokumentera noga i patientens journal. När det nedtecknas som det ska, med hänvisningar, anvisningar och scheman är myndigheterna nöjda även om de inte ser hur mannen mår. De frågar inte, tjänstemän på myndigheterna. Den här mannen är allt annat än livlös, riskerar förlora modet när allt blir rutiner och schemalagt i ett för honom helt onödigt utrustat servicehus med kök istället för, utan, öppna spisens sprakande värme, vindens vändande eko. Murstocken i ek håller glöden, tills dess hela murstocken urgröpts från eldstad till yttervägg med luftens syre som antänder. Det vore förebyggande att han skulle få bo bekvämt ändå, medmänskligt. Lokalkännedom för insikt. Vidsynt. Omsorg. Det är dokumenterat.

Dokumentation. Det diskuteras hela tiden hur vården skall vara uppbyggd. Bevisligen har, i Norden, sjukvården kostnadsökning 4% varje år men vårdtillfällen har sjunkit någon procent varje år. Alltså 1000-tals färre patientbesök varje år sedan 2010 - 2019. 36% fler administratörer mot 16% fler vårdgivare Det får konsekvenser. Du arbetar ju för den goda saken. Kraven på dig, de ekonomiska, samtidigt som du inte får ut vad du behöver för att klara ditt ansvar visar sig bli en ohållbar ekvation.

För mannen i rummet är din närhet, ditt personliga bemötande ovärderligt, du tycktes förstå något. Ni har kunnat kommunicera med enkla medel, trygghet, värdighet och beskydd. Du har mycket mer att ge, mer att förvänta och återbäring borde komma på annat sätt än pengar, hoppas du då. Hans flytt har märkts, accepteras inte helt än. Den mänskliga kontakten överbryggar, skapar grund för att han till slut skall kunna trivas ändå.

Dokumentationen upptar mer och mer av mydighetsutövning och påverkar negativt effektivitet för vårdgivarna, men ökar säkerheten i uppföljningarna. Vad är viktigast, tänker du. Neuropsykiatrin, med barn och ungdom som söker trygghet. Nu tänker du på dina barn igen, ni ses ju snart, och det är märkbart mycket du hinner med mellan gångerna, som tuvorna på myren. Du går på tuvorna, trivs med de stunder som är mest i ditt liv. Kärleken, den finns där inom, svävar runt dig som ett moln och kommer att få större betydelse, visar det sig senare i livet, om du tar emot den på rätt sätt.

Neuropsykiatriska utredningar är tidsödande och orsakar lidande när skolgången förlorar sin potential. Skollagen ger direktiv. Kommunala beslutsfattanden hämmar utförarna med budgetkrav. Plikten framför allt, mottot för kung Gustaf VI Adolf. Mottot lever kvar i glesbygd än, långt från Uranbrytande länder, men med överlevande servicetjänster och kulturell kostym.

Serviceyrken och flyttarbeten blir nyttiga övningar, för förmågan att hantera människors egenheter och egendomar. Det senare för transport, säkert, det andra, egenheterna, får du med dig på vägen. Du funderar. Varje gång en helt ny betraktelse, ett öde, smittande vänlighet, och annat. Kaffe, igen, för insatserna hos de som känt för det på något vis, på ett äkta lokalt manér. Snabb återkoppling ger mer, ytterligare kunskap om lasterna. Det dammar om dem. De säger något mer. Väl bekant med fler behövande för avlastning fortsätter du damma, lyfta av laster hos värdar.
Några känner varandra, några undviker.
Kulturskillnader.
Lokalkännedom.

Enligt hävd och sed fanns det förr stolar med olika lutning. Gäster med betydelse satt bekvämt, och de som kan ha haft en mindre framskjuten placering hos värden fick en stol för att kompensera det, en stol som skjuter fram gästen, helt enkelt lutande framåt, för att markera begränsningen.
Det ordlösa språket talar tydligt ändå.
Tystnaden talar, för bättre.

Tystnad.
Nyanser.
Andemening.

Mannen var tyst, inte en mening, sittande på en stol som knappast sluttar, när han helst flyttat hem igen om tillfället gavs. Mannens djupa suckar, andas in, andas ut, hördes lite längre. En blick ut, genom fönstret. Ett pentry, skinande rent, oanvänt, kliniskt rent. En kaffekopp, ett obligatoriskt inlärt fika, schemalagt. En blick, genom fönstret, vidare söderut, drömmande, längtar hem.
Livslängtan.

En annan plats.
I en stad längre bort där livet kan te sig annorlunda.
Mitt i staden flyter en liten å, ebb och flod, märkbara flöden. På hösten kommer de, stormarna, alltid. Åns vatten skiftar färg, broar, vackert inbjudande, hemliggörande mystik, bakvatten i kröken slammar upp. Spola kröken! En öring hoppar, livfull.

På hotellet, invid den fagra bildsköna ån som rör sig harmoniskt i centrum, är det ordning, atmosfären är god för alla gästerna, vilka där får bättre start på dagen. Det är mysigt. Hotellvärdinnan är vänligt inlyssnande och behagligt servil. En naturlig gest för gäst, och avkoppling. Kaffet antyder kolonialtider, i den rustika miljön. Det påminner om ännu en annan resa, på andra sidan ån, fram och tillbaka.

Resor.
Tider.
Smaker.

11
Turer – trubbel

Kaffet i hotellreceptionen serverat i keramik för dig till naturen.
Kaffe och Te med mjölk och socker kompenserade saltförluster och
trötthet i den höga luften uppe ibland bergen.
Där,utanför fönstret i det rummet intill, som på fjället, med snön
som tecknade sig, dansade skuggor från molnen som drog förbi.
Solen ger molnen liv, skuggar dem på marken, i snön, glaciären.
Du minns, livet, ett knappt tag sedan. Det var 1994.

Den alptoppen, särskilt tillgänglig för vandring är som alla bergiga
miljöer riskfylld. Med livet som insats har många underskattat
turistorterna, sina vandringar, oftast dåligt förberedda, när de
försöker nå sitt mål via checkpoint Les Houches.

Att den polske turisten får fallande stenar mot sitt bara huvud
under klättringen uppför, eller den japanske svärmorsdrömmen
förlorar fotfästet på glaciärisen är risker som borde väcka
medvetandet. Smekmånaden tog slut, abrupt. De händelserna kan
förklara vitsen med utrustning som håller. Mitt i sommarvärmen,
ett äventyrligt besök på snötäckta bergmassiv, alpmassiv där du
kan se vidsträckta landskap, enorma ytor åt alla håll. Väl uppe på
toppen på den vita damen sitter, som sig borde, en man i bar
överkropp. Med sig har han ett kupoltält för två, flaggande.

Den vita damen är rund, mjuk, behagligt majestätisk med sin
väldiga famn. Under vandringen längs kammen från klockan 03
tidig morgon i juli är ni bland de första, ditt sällskap. Stegjärn, rep
är nödvändiga för att ens försöka sig på en annars ganska ordnad
promenad i hög terräng. Det är en km ned till höger i Italien eller
en km ned till vänster i Frankrike, tänker du på vägen upp. Tur du
inte har svindel. Ditt balanssinne är skärpt, fötter och ben också.
Du är harmoniskt väl preparerad. Dina medvandrande blir senare
under eftermiddagen ett lämmeltåg uppför, nedför, och några på
sidan utan samma framgång på vägen. Guiderna gör sitt för att
värna om gruppen. Friheten på höjden, överraskningar som det där
tältekipaget. Vid närmare eftertanke är det en rätt kul idé.

Det oväntade ger en kick, hur livet kan gestalta sig och hanteras. De mindre fjällen, i lägre höjder, är lika vanskliga, på helt olika sätt. Så är vi, alla olika, värda att hanteras personligt efter våra alldeles egna förutsättningar.

På färden upp ser du dalen fyllas tätt med tunga moln, till 3 km höjd. Under 10 minuter har vädret ändrat sig. Du har sett det förr, på andra håll, hur fort det kan ändra sig. Alla steg, förut, strapatser från ett vatten till ett annat, en fisketjärn. Dagens vandring över kuperad terräng, släta glaciärisar, som efter ett lyckat besök närmare himlen bara ger en aning om livets storhet.

Dina barn vet inget om det här, än. Förresten ger de så mycket mer. Det är allt annat än flackt. Utsikter. Närvaron är upplyftande inom, ger en kick av livet, en fika, en promenad på stranden, en resa, osvikligt mål.

Känslan, där på den vita damen, är evighet, en glimt av ljus, minns du. Stjärnorna i barnens ögon kan du förena med minnet av en skiftande väderlek. De har olika rum, utan kontakt, tills du öppnar och berättar. Vet ni, viskar du, vet ni hur världen ser ut där uppe? Kanske lyssnar de på dig, förväntansfullt intresserade, eller så har ni för länge sedan passerat stadiet när de ville höra dina berättelser. De kanske bara vill se dig, vara med dig en stund, få känna att de har dig med. Tänk om alla de andra ville inse att det är ju där livet finns, inom.

I vandringen nedför tar du med dig en erfarenhet, ytterligare en, om det storslagna, vackra och livgivande som gjort att du kan ta vara på stunder du annars kanske kunde fundera på, hur det skulle vara. Du har ingen alptopp hemma. Du har något mycket bättre, närmare dig, förstås, när du arbetar för det. Nere i dalen igen blir besöket på en restaurang med ett gäng landsmän, utklädda fotbollshuliganer, kontrasten som väcker till liv igen.

Den vita damen står kvar däruppe, trygg, ramar in kvällen.
Du andas, drömde om en framtid, aningslös.

Det är fotbolls-VM, stämningen är hög vilket leder dig in i en ny situation, något helt annat. Det är fest och kvartar avlöser varandra, ruskigt effektiva barrundor leder till en hel del förvecklingar, precis som den där gången i en annan fest på ett annat ställe, i en annan episod. Ett av paren finner vägen till sitt hotell igen. Den ene låser om sig innan partnern hinner in.

Vad gör det, när linneförrådet rymde en extrasäng, med rena lakan. Värmen ger, i kombination med intaget på festen, en impuls, så att alla kläder åker av, landar mjukt här och där, alla kläder. När hotellportieren kommer till sitt dagliga morgonskift följande morgon möter en helt naken gäst från gårdagen upp, obetänksamt avklädd. Fritt omtolkad följer versionen om när gästen förbryllad över utrymmet så annorlunda mot kvällen före nog undrar varför hotellet nyss kört in hela linneförrådet i hotellrummet. Det tar tid när sinnena grumlas, liksom lagda i blöt. Balansen är obefintlig, tur det fanns hyllor från linneförrådet i rummet att luta sig emot, kvickna till, inse. Återhämtning. Vatten och liv. Som allting annat löses kan vi ordna upp brydsamma situationer.

Short cuts, genvägar, kan du kalla de snabba vindlingarna mellan rummen. Du har nycklarna, några dörrar saknar lås, andra har kombinationslås och något saknar visst nyckelhål.
Det är lönndörrar till ditt förflutna, det undermedvetna. Drömmar. Med C G Jung kan du nå vägen till ditt undermedvetna, om du är beredd. Vem ger dig access? Kärleken lever ändå, och kräver inget, för den finns där, omslutande agremang, trygghetens vagga. Dröm. Backa tillbaka, finjustera inställningen. De enklaste behoven styr.

I tryggheten, bedövad av berusning kunde hotellgästen snabbt bädda om sig i ett helt galet ménageri för våra djuriska lustar. Ett utrymme till den som behövde vila, få andas ut, återhämta sig och bara det fanns en toilett där så vore det helt ok. Naturen på spåren, där det finns plats, som då 1994;

I skidspåren, på fjället långt från alper och fotbollsVM, är det tillnyktrande när solen värmer. De bländvita stänken från små snöflingor, reflekterande prismor ger en känsla av oändlighet.

Den packade snön, ofta skare, bär och det går lätt, med packning. En obligatorisk paus, efter ett par timmar, beroende på väder förstås, ger skön vila. Där kommer familjen, frun så förklarande över sin man som är nyutbildad i överlevnadskurs och presenterar vad man bör tänka på, utan att fråga om turvanan hos övriga, ditt sällskap. Befriande känsla, att vara så inkognito, oviss och okunnig för andra, långt från myndigheternas förståsigpåare. Dilettanter med skrivklåda, samma, år 1994.

Efter rasten drog skidandet vidare inför natten och kvällsmat. Påfyllning är gott att få inta med ro. Inkvartering på fjällstationen, alla fem kompisar äter, delar upp sig en stund. Det finns alternativa lösningar i det mesta för det mesta. På fjället är vilan i bivacken skydd mot stormen, och det fina är att du väljer plats för toiletten, fördelaktigt i vindens riktning för att hålla rent hus, så att säga. Någon gång glömmer du att fylla pjäxor med hoprullade sockar för morgonronden, morgonhygien.

Då är det bekvämare på fjällstationen, där allt är möjligt, som den där resan när den holländske gästen, i bastun, får uppleva hur mannen, som gått överlevnadskurs nära inpå, kommer in med kläderna på. Holländaren ruskar på huvudet, med någon Syl i vädret: "He thinks it's cold in here ??" Han ler, lite pinsamt, eller ? Mannen, som gått överlevnadskurs berättar varför de dröjde så. Detaljerat beskriver han hur en bindning lossnat från hans skida. Utan skruvmejsel gick den inte att fästa. Vid rastplatsen ringde de fjällräddningen, från vindskyddets telefon, plockades upp, forslades med helikopter. Efter mer än halvtimmen berättande kommer en av sönerna till honom, drar honom i tröjärmen och hojtar: "Pappa, kom nu! Maten är klar..."
Maten är klar... vittnar om samvaro, gemenskap.

Så är det, livet, en enkel tur på fjället. Konsten är att vila på rätt ställe. En upplyftande flygtur kan du få i fint väder, både oplanerat och ofrivilligt. Eftersom det var fem personer, tre i samma bastu som den holländske turisten och den påklädde familjeförebilden, är historien sagolikt sannolik att beskriva här. Inga namn, för den delen. Inga pucklar, underhudsfettet återhämtade sig efter måltid.

Det kan gå i god för innehållet, detaljerna kring en av våra mest frekventerade vandringsleder.

Barnen, de du fortsatt arbetar för, har inte hört den här delen av livet ännu. Vi har bara börjat vandringen, och har inte hunnit riktigt fram till just samma överlevnadskurs som tur är, för den delen. Tillvaron är värd sin bearbetning bit för bit. Det är alltför lätt att underskatta värdet av goda förberedelser, i alla förhållanden, särskilt arbetet i en till synes flack, snäll miljö. Vi väljer väg.

Bitvis, som du bygger ett hantverk, livet, tillverkar någon sitt. Civiliserat eller ej, så är det "jämnan" som drar, för tredje gången, gillt. Grannen, som vårdade råvaran ömt, tillverkade furulampor och -skåp på löpande band i källaren i hyreshuset, hade uttrycket. Inte för fort, inte för långsamt, ganska musikaliskt kan man nog säga; Det var "jämnan" som drog, på lokalt vis, lagom. Förberedelser, säkra handlag, swish, garantin kallade han: "R-h"= Runt hörnet... Språkförbistring? Råvaran, livet, hade han nyss fått besked om, genomgick en förvandling, andra cellgiftskuren var nyss påbörjad. Hantverken växte fram snabbare än lagom. Kanalisering av livslust utmanar oron för det osagda, prognoser, "R-h".

Naturen tillverkar sitt, det osagda får ett språk, värt att lära. Blomsterspråket är godtyckligt, för marknaden, för floristerna som annars har en klar uppgift att fylla. Barnen ser, hör och återger, är skäl att inspirera visst. De lyssnar in, ser miljön, i sitt arv, en natur som helar, läker sår. Linnea borealis, vid fjällstationen, vildkaprifol, charmerar dig i skymning, släpper tag om sin parfym. Men bären, som ser läckra ut, är självsanerande, ger påträngande behov och kolik. Barn frågar, så mycket att lära, oändligt mycket mer. Bland orkidéer och kaktus finns användbara egenskaper, enligt stoff efter Linné och Mendel. Båda med sina lagar. Båda var för sig. Cellandning. Kretslopp. Cellblandning, en kaktus som korsats från två, gör synergi, effekter blir mer. Floristen knyter ihop hälsa. Reparation. Läkedom. Helande.

Om livet är pinsamt, så finns det hopp.
Nästa dag är ny, en stad vaknar upp.

Av en tvååring,
något äldre ...

12

Traktamente – tröstande

Utanför butiken sitter någon, som alla ser. Ena dagen med mössan till höger, blicken ned i backen, nästa dag med keps, blicken ned i backen. Sittande på en parkbänk,nästan orörlig, vida ögonvrår betraktande sin omgivning något tillbakalutad, som om det vore en skön stund. Det är en uppgift för helheten, och påsarna som släpat i backen är osorterade, skorna är sannolikt förverkade för de har idag alternativa skosnören och kanske finns där med en tandborste som vi alla får i överlevnadsbidrag.

Det heter existensminimum. Vem som än funderat över existensminimum, knappt 5000 kronor per månad under 2019, har de nog förbisett att du också har rätt till skälig boendestandard. Existensminimum tycks också enbart handla om pengar. Tjat om pengar. Visst, det sätter igång hjulen, skapar tjänster, service och gentjänster. Arbetstillfällen med möjlighet till förkovran, resor i livet. Men ingen vet om vi putsar skorna med tandborsten istället.

Underbensgipset skaver, kryckkäpparna håller balansen, du vet, och med blicken stadig framåt är nästa steg ett oändligt stort som vore det omöjligt. Kvinnan på marken, som nyss avtänt, säger hon, ser på. Hon väntar, ser om det finns någon medmänsklighet i samhället. Vem är det som kan stanna upp?

En annan förbipasserande välklädd kvinna, med uppenbar inkännandeförmåga efter arbete med bistånd länge och väl i Afrika, nu hemma för ombyte, ser situationen, hämtar en barnvagn att lägga alla saker i. Ni kontaktar hotellet, ordnar fram ett rum, betalar och för två dygn finns tid att smälta eländet, vakna till liv och återfå kraften att ta ytterligare ett steg på livets resa. Kvinnan på marken konstaterar att väldigt få tycks vilja bry sig. Det är enklast så, kan det tyckas.

Att hjälpa människan till parkbänken, emot dennes vilja, insåg ni, i efterhand att det fanns en naturligt rimlig förklaring till att försöka avstå. I vissa trängande tillstånd är det olämpligt att sätta sig ned på en parkbänk, när behovet av hygien är påkallat. Ändå, en stunds vila, två dygn i ett nystädat hotellrum för halva existensminimum, donerat av givmild privat person, en mecenat för livets konstnär. Det är en konst, livet, som det kan se ut. Däremot är tacksamheten en belöning. Armbandet i plast vittnade om utskrivning från en avdelning, troligen ortopedisk med anledning av gips och kryckor. Datumet var färskt. Att sitta på parkbänken en stund är inte bara obekvämt i det läget, det skapar också en svårighet att komma vidare, när vilan infinner sig lite för tidigt.Det löste sig, både det ena och det andra. Hotellreceptionen visade stor förståelse för en verkligen utsatt individ, som säkert har kvar en hel del att berätta.

Existensminimum. Var har du ditt, närheten till barnen, var är de? Din kärlek är tidlös, gränslös och når fram, alltid när det gäller de som du verkligen älskar mest, när det är på rätt sätt. I din nya miljö får du ständigt påminnelser om att livet finns där inom, trots att allt som varit har lagt en tung ridå av förakt emot dig, ifrågasättande, oklarheter med ständiga påhopp. Du hoppar på tåget, reser vidare, finner en väg. Allt du gör har betydelse. Allt du gjort har du med dig, i återkoppling, visar det sig senare. Du gör så gott du kan.

En annan gång, någon ber om en tjuga (en tjugolapp, anm.) med sin halvöppna hand och håller i andra handen en rykande mugg kaffe. Aromen blandar sig med helt naturliga kroppsliga odörer beviset på funktioner som fortfarande är igång, som för livet upprätthållande en viss ordning inombords. Dina handlingsplaner, erfarenhet, kan dela med dig, en stund, utan att förlora dig själv. Tänk, du har gjort något som får betydelse. Det lilla, utan överdrifter. Improvisation.

Kvinnan som betraktat situationen sitter kvar, lutad mot en husvägg vid gångvägen, tar sin cigarett, ser emot dig och berättar om sin situation utan att be om någonting. Hennes uppgift är oförklarad ännu. Efter ett tag reser hon sig upp, går iväg utan ett ord. Är det så, att personen bar något som kunde bli ett lätt byte, tänker du. Ett byte för en utsatt. Djungelns lag, eller survival of the fittest, mest anpassad?
Hela tiden hänsyn, omsorg, bevakning och balansering.
Livsvirtuoser skapas. Du ser dig omkring.

I hamnen går båtarna som förut, och det skymmer. Reslust. Restaurangen, som är upplyst, håller öppet för ett fåtal gäster. Öden medför möten, oberäkneliga, otaliga och variationsrika. Du sitter på parkbänken, tänker på mötet nyss. En intensiv situation, med fyra korsande vägar. Kvinnan mot husväggen, cigarettglöden släckt. En skadad medmänniska, i färgglada kläder, brokiga kassar, påsar, stänk av kaffe och annat, kamouflerande en pappersmugg fylld med hoprullade sedlar. Du, på väg från, och till.

Biståndsarbetaren som med sitt generösa bidrag skapat räddning, en livboj, sett mycket mer omfattande samhällsklyftor än i din hemmiljö. De östafrikanska jordbrukarna säljer sin mark billigt till penningstinna oljemagnater för en slant som verkade rikligt tilltagen först. Rikedomen är inom. Köpeskillingen, pengen för deras landplätt, räckte bara till en bostad och en äldre begagnad bil. Du har ordnat en del av det på liknande vis, för egen del, när du kunde ha valt annat och få en betydligt bekvämare tillvaro Något fick dig att välja.

Har du koll på läget? Det kanske är så. After all, we are human, Humanism. Du har hört det förr. I vilket fall som helst behöver du förstå och bekräfta vad du nyss varit med om för att begripa att det är stort. Du har stannat upp inför en främmande situation, sett på nära håll hur det humanitära betyder något, när du undviker utan att själv bli lurad, berövad eller förringande vågar satsa på livet. Att göra gott gör gott, eller hur? För dina barns skull, och kärleken i övrigt, skall du tänka på att göra gott med dig själv, för att kunna återfå närheten till den eller de som betyder mest för dig. Det är därför du skulle tvingas ut i en riktning du inte riktigt förstod vidden av.

Kvinnan som hade väntat ut sin avtändning tog en promenad för att bearbeta sin ångest. Att uthärda abstinens är direkt ångest med svår desperation när akuta behovet av lindring blivit oändligt mycket större än du har medel till. Promenaden är ett sätt att avleda, som kvinnan här visste och utnyttjade. Energiförbrukning, stressen leder till avmagring liksom med det anorektiska beteendet ger en ond cirkel. Ont gör ont. Enerverande.

Kärleken helar för en frisk själ. Det goda inom finns där, ändå, och har behandlats, självmedicinerades när ingen annan hjälp fanns tillgänglig. Efter de uppslitande timmarna med första, värsta abstinenssymptomen efter opiaternas eliminering hade hon kämpat igenom oro i hjärta och tarm, rinnande näsa, nysningar, kliande ögon, torrklåda, ångest som är så svår att det grumlar medvetandet nära till vansinne. Erfarenheten hade lärt henne att räkna timmarna, där vid husväggen. Tryggheten är ångestlindring, husväggen, miljön. Det kunde vara motsatt, beroende av miljön, givetvis. Resignerad över samhällets skeva fördelningsprinciper, otillgänglig vård och förståsigpåare som vill hjälpa "utsatta" som utses till "utsatta" fast de har väl så goda resurser att klara sin vardag. De bad bara om en handpeng till en öl, eller en dosa snus

Kvinnan betraktade sin egen förmåga att stå emot, och där såg hon ett och annat hända. Hon fick lättnad av att se en annan individs utsatthet. Är det så förståsigpåaren gör, för att klara sig ?
Det klarnade.

Hotellets ägare rekommenderar sin personal, särskilt dig som nyanställd, att höja blicken. Vad ser du med blicken i backen mer än klacken på killen, eller kvinnan, i uniform, framför? Öppna dina sinnen, alla sinnen utom vansinnet leder till insikt. Vansinnet är möjligen en oundviklig komplettering i särskilda situationer, för ordningens skull, balansen till viss del.
Det kan förklaras;

Van vid dina sinnen kan tristessen till slut orsaka att du tröttnat på att alltid få samma resultat, men har ännu inte riktigt lärt dig göra annorlunda. Då blir vansinnet en varningsklocka för dig och de andra, när reaktionen låter dig bli uttrycksfull och plötsligt säga något som ingen tänkte på. Du tvingas tänka efter, "Vad var det jag sa?" Du lyfter blicken, öppnar upp och ser mer. Att bli alldeles utom sig, kan förstås genom livet inom. Aforismer, talesätt, uttryck och metaforer har sin bakgrund. På vägen följs du av goda initiativ, och får hela tiden en chans att lära, nytt, återupplivar. Som den där gången, när du tog upp liftaren. Dina barn var orädda. Du kände ansvaret. Omdömet talade någonstans inom dig inför det oväntade.

13
Trix – trafik

Dörren öppnades, och in klev den fransktalande turisten, tandlös, nästan, i 60-årsåldern. Du var på vägen, mitt i staden, resande till dina barn. Till en stuga på landet, för vila när där mitt i vägen stod en livs levande person, i kvällsmörkret, med två resväskor. Ett farligt offer för trafiken tänkte du och vägde risker för och emot. Trafiken orsakar tillräckligt mycket olyckor, så du stannade till snabbt. Trafikläget i övrigt gjorde det möjligt. Snabbt blir det en öppen dialog, en konversation på ett för dig främmande språk, ömsesidig nyfikenhet om vem denne människa är. Svaren kom rätt fort, att som arbetssökande, turist i ett främmande land, söka bostad för natten. Inställd på att vi människor korsar vägar, skapar nya kontakter, världar öppnar sig, fortsatte du med nästa kapitel, en ny dag nästan. Se nästa.

Väl framme i natthärbärget, en stuga på landet, tog ni varsitt rum. Ett rum som du låste om dig, och liftaren tittade runt och kände sig välkommen, uttryckligen, Det finns något oklart i situationen. Stugan du hyrt var enbart korttid och liftaren förstod uppenbart inte att det var en tillfällig hjälp. Ni överenskom att besöka stadens kloster nästa dag, för att om möjligt kunna ordna gästhärbärge. Liftaren fick på egen hand hantera det. Du hämtar dina barn, äntligen. Fokus på rätt ställe. Du går med dem, varpå liftaren stöter på dig igen, fortfarande med sina resväskor. Nu verkar det besynnerligt. Det var ett harmlöst läge, på gågatan, men ändå en utmaning. Dina barn hade dig i sikte, enbart, glädjen över att få vara tillsammans med dig igen. Lycka för er tre på nytt. Liftaren släpade sina resväskor, följde efter. Du tog en ny omväg, stötte på andra bekanta som storögt konstaterade att allt är möjligt. På något märkligt vis löste det sig bra.

Barnen och du fortsatte under dagen, liftaren fortsatte till sitt. Du fick en god vila och nästa dag kunde du andas, tillsammans med de som betyder mest, just då. Det är ovisst var den nästan tandlöse 60-åringen tog vägen, hur resväskorna som tycktes vara i gott skick skulle förvaras, och vad som hände sedan.

Du återupptog din resa, tackade för att du och dina barn fick träffas igen, kunde besöka de bekanta som ni träffade tidigare dagen innan,. Du har ett rikt liv, inom. Allt du gör får betydelse, även om du är ute och cyklar.

Som den där gången när du var med, kände lyckan, hos barnet som lärde sig att cykla. Ni vandrade längs stranden på vägen, med ditt ena barn på en cykel som följde med. Du höll pakethållaren, fick inte släppa. Balansen visade sig så bra. Ditt barn gav dig det förtroende du längtat efter. Plötsligt, när du släppt taget om barnet som cyklade bra själv med god balans, joggade förbi cykeln hörde du ett stormförtjust barn som med hoppet jublade: "Jag cyklar!" Andra såg, hörde och log medkännande. Visst, vi är ute och cyklar. Livet är så mycket mer. Glädjen över stunden är så mycket mer, tro det !

Då blir det så starkt, känslosamt och berörande, fast det inte uttalas, allt sådant för den som får eller fick vara med. Myndigheter kommer inte åt den glädjen. Ingen dokumentation kan förstå hur mannen lever i sin servicelägenehet, eller barnet trivs med sin situation som hela tiden påminner sig mer genom somligas behov att sätta en annan förälder på plats, markera distans och omöjliggöra läget i en billig hämnd över något som inte blivit som den ville.

Så ofta försöker någon anhörig med billiga tricks, knep, manipulera genom sina barn och därigenom försöka styra motparten, eller den avlägsnade föräldern i ett korrupt maktsökande som saknar grund.

Ni vet, skepparlärlingen, som lärde sig segla, lär sig förstå hur snabbt väder ändrar sig tillbaka, hanterar både ebb och flod.

I kabyssen är kaffepannan på, med eteriska ångor. Oljan på vågen, lugnar i kölvattnet. Du lämnar stugan, ser fram emot nästa cykeltur och väntar på nästa gång du ser barnen igen.

Så var det inte för den unga mamman som förlorade, nästan, sitt barn till myndigheterna:

Som alla intresserade vet;
Sången ur barnserien Emil i Lönneberga,
"Vet du va', som e bra, att de inte finns nå'n mer som ja..." ger,
förutom att den lätt förmedlas, transparens,
öppet, i vår sedvanliga rundtur lördag eftermiddag för att
barnen och Du skall kunna göra något meningsfullt en stund.
Emil hade en utläggning om pengar, som han tjänade på hederligt
arbete, till sockerdrickan "När jag har pengar, då får jag inte köpa
sockerdricka, när jag inte har pengar, då kan jag inte köpa
sockerdricka När skall jag få köpa sockerdricka ??!"
För barnen är det alldeles logiskt, och det gör att de förstår Dig, sin
situation utan att behöva säga något, eller förklara det. De är i nuet,
ser dig nu, och det är allt som behövs. När du inte har barn, då kan
du inte vara dem nära. Däremot, när du har barn, och inte får vara
den gestalt de behöver nära så är Du fortfarande deras förälder,
deras ansvarstagande ledare, omdömesgilla tillit och varma famn
som skyddar när de behöver, som ger dem friheten att bli till
självständigt trygga individer. Du är alltid någon i deras tillvaro och
har betydelse, utan att be om det. Arbetet är nödvändigt, att vara
deras förebild om du kan.

Författaren Astrid Lindgren, känd för sin tapperhet, sitt mod som
ung ensamstående mamma, gjorde en resa, föreläste för självaste
finansministern om skattesystemet, att den som arbetade mycket
tjänade mycket till sin pension blev ifråntagen vad den gjort rätt
för, tjänat ihop med dåvarande regler. Finansministern gjorde halt.
Det fick betydelse, den klarheten. Upplysningen av barnen i
naturliga frågor bär en sanning, som säkert besvärar somliga. Vi
har alla vårt inre barn, tänk efter.

En mamma, anstränger sig för sitt liv, för sitt barn. Farhågorna hos
omgivningen, förståsigpåare med myndighetsuppdrag, förmådde
de auktoriserade till ett övergrepp. Istället för att skydda, erbjuda
beskydd, till en utsatt mamma, och därmed hjälpa medparten, nu
motparten, ändå den andra föräldern till trygghet, genom att

aktivera sinnen och ordna så att barn och förälder har det bra, skapade samhällets tjänsteutövare medvetet eller omedvetet en situation av rädsla. Skräckscenario bedömdes inte, oron prioriterades ned. Den spontana känslan hos berörda värderades inte. Det fick man inte göra, värdera känslor. Därför säger någon att det är samhällets fel, utan att inse att vi alla är samhället. På tågstationen har företaget upplyst "tänk på att du är en del av de andras resupplevelse" Det är onaturligt att sätta sig själv i en roll för andra att betrakta i sina liv. Det kan bli en bok, som den här. Syftet med att få var och en att visa hänsyn kan missförstås Ambitionen att hjälpa en behövande kan missbrukas. När behovet var som störst skapade rädslan, paniken, ett kaos. En mamma, som fick kämpa med advokat i tre år, fick till slut hem sitt barn. Myndigheternas agerande orsakade ett lidande, riskfyllt även för den familj som fick ett extra barn, som de först betraktade som sitt eget, väl informerade, underrättade om att det var en annan mamma som skäligen inte kunde ställa upp på sitt barn. Mamman fick inte den support samhället har att erbjuda. Fantasin att ge mamma och barn en trygg plats hos goda medmänniskor tänkte ingen på. Förståsigpåarna hade bestämt annat.

Det är tänkvärt eftersom vi lever ett sådant liv idag. Som ni märker är det mamman som är fokus, och det har sin förklaring i naturens under, ännu föder kvinnor barn, inte männen. Den som möjligen vill ändra på det får berätta, väl, gärna förklara närmare, för oss andra. Ibland är det inte samhället, myndigheterna, som beslutar, när de utnyttjas, användas likt barriär, dessa bidragsbetalande viljelösa konstruktioner som saknar känslor. Byråkratiska organisationer har inga känslor. Människor är realkapitalet som riskerar att förslösas, skadas eller glömmas.

Hur det gick sedan, undrar du kanske? Mamman som hade minst två fysiologiska orsaker till att få hjälp och stöd, och faktiskt bad om det, var realistisk. Psykiatern som bedömde hennes situation allvarlig insåg också att hon talade sanning, var trovärdig och värd att få fullt medhåll. Så, med det stödet kunde sammanhanget ordna upp sig, med mycket arbete, stöd i processen, aktiv medverkan för mamman, vars barn tycks må synnerligen väl hos henne.

Det skall nämnas att den andre föräldern har fått chans att vara deltagande, nödvändigt flexibelt för ett barn som föds utan skuld i en värld, men med en uppgift att fylla.

Att värna, skydda, ge beskydd är annat än att förståsigpå.

Då betyder det så mycket mer, när ett av barnen säger till dig: "Hjälp mig, mamma /pappa". Den sanningen, förtroendet är en tillit som bara kan finnas äkta och naturligt. Barnet förlåter mer än du tror. Lojalitetskonflikter är försumbara när det verkligen behövs trygghet. Ett barn som vågar säga till dig att de behöver dig, ditt stöd och din trygghet förmår inte alltid använda orden till det. Rädslan att bli refuserad, bortstött, gör att vi hellre går undan. Walt Disneys filmer, som i djungelboken, Mowgli och gamarna "låt mig va' ". Disneys animationer, numer Pixar, ger både handling och undertoner som vuxna i barnens sällskap bör kunna ta till sig eller förstå. Att med ett barn diskutera en film kan vara underhållande, ibland mer än filmen. Tillbaka till verkligheten gör vi oss påminda.

Enligt behaviourismen gör vi som vi känner passar bäst vid en given situation, ett inlärt beteende som kan förstärka i någon riktning. Den negativa inledningen av ett förhållande, en relation, kan bekräfta att det skall vara så, negativt, och därför blir inga relationer helande därefter. Det fina är att det går att vända på, en nyckel till alla dina hemliga rum i sinnet, som dyrkas upp genom att du vägleds till andra riktningen, den positiva, för att bryta de inlärda beteenden vi som barn kan ha tagit med oss, eller fått stämplat i pannan av andra. Det är därför så väsentligt att låta barnens tillvaro vara så ostörd som möjligt, så att de kan intuitivt skydda sig från fara, prioritera med känslan sin trygghet och få känna sig älskade. Kärleken, att bejaka, bekräfta är alltid osjälviskt underfundig. Den ger mer än du behöver, och drar vidare om du inte vill ha. Förståsigpåarna behöver, men du behöver inte dem.

Där blir det s k kognitiv dissonans, slarvigt uttryckt, alltså ett motsatt förhållande, parterna arbetar kontraproduktivt. I vissa situationer, kontrafobiskt, dras du till det du någonstans inom undviker, som för att lära dig hantera det steg för steg.

Det tar tid.

Livet är fullt av möjligheter, mer än så.

Barnet som skiljs från sina föräldrar, sin förälder, utan att vara i fara, ropar efter hjälp, kippar efter luft och undrar vad som händer. Det är ångestförstärkande. Tryggheten i dofterna, känslan, beröringen kan kompenseras något, men inte helt. Oxytocin är vårt beröringshormon som ger den där sanna goda känslan för det har med vår trygghet att göra. Kanske är det en delförklaring till att vi klarar oss utan vår allra närmaste förälder som rimligen påminner oss mest om vilka vi är.

I dokumentärer om barnhemsbarn från Rumänien, som under totalitär ledning förvarat barnen i logement, trångt, föräldralösa utelämnade, ser vi hur känsligt allt växer fram i en miljö som vore allt annat än medmänsklig och kärleksfull. Det finns många exempel på upptäckter att barn som fått sin näring och sin formella omsorg ändå tynade bort. De barn som svalt men ändå hanterats varsamt i mänsklig omsorg, närhet och trygghet överlevde ändå. Forskaren Renée Spitz förkovrade sig några år i Paris, fördjupade sina kunskaper i humaniora, kulturen i vårt psyke och studerade resten av sitt liv hur barnen mår, bland annat i Sydafrika bland övergivna spädbarn där det märkbart dog spädbarn som inte fick adopteras, omhändertagande eller omsorg. På en avdelning bland de 50-talet spädbarn överlevde barnet närmast dörren . Det kan väcka teorier om syretillgång, ljus, värme, ljud när den enkla sanningen var att barnskötaren vid in- och utpassering genom dörren till salen tagit upp det lilla barnet en stund, som för att viska några kärleksfulla ord. Spitz sägs ha inspirerats av Sigmund Freud, utan några andra krångliga omskrivningar; Livet ger, bränslet är kortsiktiga lösningar som knappast ersätter något av de högre värden som mänsklig närhet ger.

Det enkla gör det möjligt att förstå. Mamman och barnet får en normalt ordnad vardag, med de vanliga plikter som följer i vår tillvaro i ett modernt samhälle. Där finns tillfälle att få utvecklas till individer på riktigt. Du vet att arbeta för närheten. Det har betydelse, fenomenologiskt, att du faktiskt varit aktiv i kontakterna, att visa barnen att du finns där för dem, arbetat för dina barn. Så länge de vill det, och du ger dem den sunda respons de förtjänar, och Du, är det hela tiden nya glimtar av ljus.

En välfungerande enhet, förälder och barn, bidrar till att bygga ett samhälle värt att tro på, värt att vistas i och kräver varje dag en kärnfull insats som har ett högre värde än pengar kan köpa. Ersättningar från sociala myndigheter är rejält tilltagna. Medmänskliga insatser som infriar de högre värden vi verkligen behöver är svårvärderade i pengar. Pengen är nödvändigt ont i dag. Tid är pengar i ett sammanhang, tiden är relativ, pengen är cirkulerande. Din insats kan göra sig evigt påmind. Så enkelt går det att förstå. Du betyder något, mycket mer, för dina barn.

Omhändertagande, ett vanligt ord, som får två andemeningar. När samhället ingriper, med omhändertagande innebär det något annat än när en förälder, oftast en mor när det gäller spädbarn, aldrig överger sitt barn. Det har visat sig att mänskliga närheten, förmedlad, är så stark att även i misär, liknande förhållanden, överlever barnen med hoppet, tron på något bättre.

Det är klart, i den pressen det innebär i samhället med flöden av status och pengar, med en check vars motsvarighet blir 3-4 månadslöner till vårdgivare efter alla utgifter är betalda, dessutom, blir även hemlösa barn, skyddssökande individer, oskyldiga, engagerade i något de inte bett om, pengar. Omhändertagande kan visserligen rädda nödvändigt livsuppehållande. Mänskligt är det , med våra begränsningar, då som gör att vi förlorar vidvinkel, glömmer höja blicken. Vi behöver inse värdet av att gemensamt anstränga oss, för våra barn, åtminstone. Ambitionerna att försöka söndra motparten ger inget gott utbyte för någon. Ett lycksökande som orsakar skada behöver omformuleras.

Benjamin Franklin, som var ett av 15 syskon, hade sin teori, som fungerade, att när du ber din ovän om en tjänst, kommer den personen att bli mer välvilligt inställd till dig. Varför just han tillskrivs effekten beror nog på att han öppnade upp, hade nyckeln. En nyckel, förresten, gav ledning åt naturens dunder och brak i ett annat av alla hans experiment, det med draken och åskan, du vet. Genom att trotsa din vänlighet blir allt förakt emot dig till en dignande börda för den motstridiga parten. Ditt subtila anspråk gör dig två tjänster, dels behåller du kärlekens väl för ögonen i din egen sfär (tack Du), dels visar du barnen, de du älskar, att du vill väl även om du är behandlad orätt. Det som heter kognitiv dissonans blir lättare att begripa genom Benjamin Franklin. Med åskledaren, väder och vind hade han lärt sig tämja politiska stormar så pass att slaveriet fick respass ur den då unga amerikanska unionen, sannolikt inspirerad av sitt uppdrag i Passy utanför Paris. Prestationen var livsnödvändig för ett större sammanhang, då det krävde en del självkänsla att effektuera. Din motpart har inte riktigt anammat Benjamin Franklin och då blir saken mer delikat, emotionellt svårflirtad vilket gör det enklare formellt. Sak och person kan skiljas åt och därmed slipper någon av er parter eller huvudpersonerna, barnen, utsättas lidande.

Med en jordad åskledare hanterar vi urladdningen, spänningen, leder strömmen bättre, med mindre åverkan i vår mänskliga natur, som Franklin med sin drake för att provocera fram en reaktion, orädd applicerat enligt någon beskrivning. Hans upptäckt om negativa och positiva laddningar har betydelse för fortsättningen. Elektricitet har effekter, bieffekter som kräver säker hantering i ledare. Konsensus, strömmen går från plus till minus. De mätbara laddningarna, elektronerna går från negativt till positivt, mot strömmen, som antagits gå från positivt till negativt efter Franklin.

Barnen lär, något motströms. Vuxna lär ut, ibland utan att ha lärt sig. Förståsigpåarna letar bland sina paragrafer. för "barnens bästa", medströms, kanske strömlöst. I Ghana, ett framåtsträvande afrikanskt land, som med sina handgjorda affischer lockar yngre läsare att bli något annat än sopsorterande låglönearbetare, jobbar barnen på soptippar med övriga världens sopor, elektronik och de får huvudvärk, kliande utslag, uttröttade, utan att ens ha fått stimulera belöningssinnet med något spännande positivt.
Om livet vore en välanpassad drog, skulle det ge goda effekter utan bieffekter, eller hur ? Sammanhanget orsakar en del bieffekter.
Se upp !

World Child Foundation, Childrenhome, Gapminder, UNICEF, BRIS m fl är informationskällor inom Barnperspektivet. Inte bara för barnen, visar det sig senare, Barnsemester.Se !

I bilen, en av de bättre begagnade, i lyckan över att träffa alla de kända karaktärerna, som författaren beskrivit i alla sina otalet böcker, fick du vara ifred, själv med dem, barnen. De var pigga, förvantansfullt glada. Du hade planerat en hel del annat roligt för er tillsammans.

I parken, på språng, finns det utrymme att bada, dansa, springa runt och leka. Där kom de, en efter en. Drängen Alfred, Ronja, favoriten Pippi, Karlsson på taket, som med köttbullsglass imponerade, gav spännande intryck för barnen. Hur en elaking kunde betraktas på ett snällt sätt, lite busigt. Barnen genomskådade den låtsade elakheten för under finns det ett genuint hjärta hos Karlsson. Lillebror gillade Karlsson, ändå, på ett barnvänligt sätt. På samma sätt kan det godtrogna barnet känna när något inte stämmer, om det är orätt, intuitivt. Vuxna bär med sig sina behov, färgade av miljön, behaviouristiskt, ofta obearbetade för att plötsligt förlora fästet en stund. Vad gör barnen då, om de ser det här? De reagerar, bär det inom sig. Och där i ösregnet stod de orörligt framme vid scenen med en annan känd episod från en av alla barnböcker författaren skapat ur verkligheten.

Det är anekdoter, omskrivningar i beundransvärda ambitioner att förklara världens hemskheter, underligheter, funderationer som åldringen sade, minns du, åldringen som fick medicinen, eller "medusin mot spunk" som författarinnan komiskt anspelar för just barnen. Det enkla, så självklart. De hemska påträngande sanningarna, som till slut kommer fram, förvandlades effektivt till verkliga berättelser, på ett enklare sätt, fantasifullt som för att ge barnen en möjlighet att förstå det obegripliga. Författaren var intensivt levande med sitt språkbruk, inlyssnande varje reaktion, då. Medaktörer, i parken, gestaltade extra manusfri underhållning. Du tänkte inte på att en av trälarna från rövardotterns bergrum hade riktiga känslor, när han låg där som för att bli omplåstrad, skadad av en fallande sten till synes oskadad. Att be barnen kittla rövaren under fötterna bröt mot dåtidens, berättelsens riktning.

Barnen levde upp, fick fantisera, vara, verka på samma gång. Barnen köpte köttbullsglass, som Karlsson tog över, och med smältande fryst gräddglass över händerna konstaterar att han blivit lurad i en fälla, en glassfälla. Barnen skrattar. Barnskratt är som färgglada moln i alla former över en himmel, musikaliskt, droppar studsande i marken, magmusklerna jobbar, känn hur det gör dig glad inom, hoppas... Där stod de, i rosa regnjackor under en vilt spelande vattenorkester, droppar, och njöt av att få se en proffsig föreställning som kunde vara verklig, fast det skulle verka 100 år tidigare. Dina barn, huvudpersonerna, gillade, innan fb-epoken. Med nyköpt litteratur, Allrakäraste syster, fick ni ett eget minne. Tummen upp!

Det är visat att glädjen ger god energi, och att negativ respons bryter ner mer. Det påverkar immunförsvaret, cytokinerna lever om. Det har forskning visat, vid Universitet i Göteborg. Ett barn upp till tonåren kan inte omsätta ständigt negativa budskap, hör dem, förstår dem som negativa, bryts ner mer, men kan inte se realismen i att vända på det till något positivt, Det finns inget positivt i något negativt, då det är hämmande, fördummande och fördömande för barnet.

En forskargrupp vid Washington D C, National Institute of Mental Health, NIMH, har aktivt studerat de växande tonåringarnas hjärnor och ser märkbara skillnader år från år. Med äldre tonåringar kan resonemangen bli mer komplexa vilket då är mätbart, möjligt avbilda vid till exempel magnetresonanstomografi, MRT/MRI. Det har sedan Beatriz Luna, från sitt säte i Pittsburgh vidareutvecklat till sin studie över hur tonåringar reagerar, hanterar intryck. Pannloberna är centrala för impulskontroll, riskanalys m m. Därför är det lönlöst att komma med negativ feedback till barnet som nog riskerar placera allt i känslocentrum och få mer ångest senare i livet. Visa, var med, ta ansvar för barnet som behöver det ännu. Förståsigpåarna kanske har hört talas om Maria Montessori, läkaren som såg hur växande skolbarn var mottagliga på olika vis, att de kreativa förmågorna ökade inlärning klart, markant. Det använder vi idag för att gå från konkret till abstrakt i uppgifter, inlärning och utförande.

Äldre tonåringar klarar bättre omsätta negativ kritik, mognad. Tänk om förståsigpåarna kunde fått använda sig av samma metodik, att förstå sig på. De är, nog, närmare Waldorfpedagogiken som med sin konstnärliga inspiration förvandlar inlärningen till en sorts helhet med viljan till ingång, som komplement, särskilt inriktad på funktionsnedsättningar.

På ett vis påverkas växande tonåringar mer av positiv feedback, tillgodogörande. Det är också mätbart i vår hjärna, Nucleus Accumbens som också kallas för hjärnans belöningssystem eller centrum. Dopaminet får en kick. Kvinnan med abstinens behövde det för att tända en glimt igen, istället för att trötta ut frontalloben, där personligheten lär finnas mest. Hjärnprogrammet tvättar.

Barnen tar in, det positiva, minns, och kan fortsätta kvällen nöjda, glada och trygga. Arv, tradition och miljö interfererar, får betydelse. Vi läser vår nya story, betraktar souvenirerna. Du har chansen att ge dina barn det bästa, om du kunde få skapa lite fler tillfällen med dem.

Street-smart, att få grepp om läget, när allt talar emot, en egenskap hos överlevnadsakrobater. Möjligheterna för dig är barnens attityder mer än övriga. Det förvaltarskapet bygger broar.
Så var det när den där sportlovsveckan som var beslutad i Dom snabbt ändrades av motparten emot domslutet till något helt annat, utan lagstiftarens insyn eller möjlighet för dig att fredligt ansluta. Barnen var som i klorna på andra som ville vara där i ditt ställe. Du skulle förringas, förlöjligas och förskjutas. Det lyckades inte riktigt, eftersom det enligt lagen finns skyldigheter att informera även en motpart i utsatta, särskilt utsatta lägen. Det här var ett sådant. Utan att avslöja detaljer, en hemlis är en hemlis, mer värt än sekretess så ser du hur samhället styrs av den eller de som bråkar mest, inte av den som försöker anpassa, flexibelt och fånga upp resterna. En hemlis som bygger djupare sanning är enda sättet att behålla någon värdighet, dignity. Därför var siktet inställt på nya mål, nya rum i ditt inre, som bär på goda erfarenheter, traditioner att återfå. Med känslan för att stress kan förstöra ytterligare i ett redan trängt läge hos Din motpart avvaktade du,

väntade tills nästa tillfälle som naturligtvis kom tillbaka, och igen. Den trängda motparten, med anhöriga, kunde slå tillbaka på ett sätt som drabbade de oskyldiga barnen. Därför är det bättre att förorda vapenvila, argumenten mognar i takt med att barnen ändå kommer att söka upp dig sedan. Så länge ingen förklarar, eller du förklarar, är det en hemlis som barnen känner någonstans. De växer upp, minns, Du minns.

Personligheten finputsas, balanssinnet utvecklas i harmoni med den långsamma process som leder vidare. Traditionerna finns, eftersom de första stunderna kom rätt i fas. Därför är det lättare att anknyta till redan påbörjade traditioner. Arvet och miljön påverkar. Inte ens ett fredligt besök hos barnen i deras skola, till och med när du innan förklarat för skolchef, rektor och lärare att du inte har möjlighet, och varför det är så, att träffa barnen så ofta, inte ens då erbjöd förståsigpåarna, motparten med fan-club, någon form av förståelse. Skolan bjuder in dig, öppet, att vara med på lektionen som var nyss påbörjad. Din delaktighet är konkret, tydlig och öppen. Det finns bara argument för ditt deltagande för barnens skull, under ordnade former. Det skuldbeläggandet som följde var obefogat och handlade mer om attityder, principer och antaganden, ett samband som kunde ha drabbat barnen. Du hade lättad gjort ett besök, med goda ambitioner. Uppenbart gör öppenheten att manipulerandet tappar mark till förmån för det sunda där alla ska visa ömsesidig respekt och värna om integritet hos varandra. Det är inte alltid det fungerar. Förståsigpåarna ser inget av det, djupt tyngda av sina paragrafer. Benjamin Franklin, med nyckeln, och fler före honom, kunde förtjäna en chans hos de kravfyllda tjänstemän som tvingats tro sig veta. Vi landar i att enda sättet att bemöta oegentligheter är att fortsätta som vanligt, som den du är, och att varje dag påminna sig om att vara mänskligt närvarande. Det klarar Du. De pratar, med varann, tjänstemännen, förståsigpåarna, andra tyckande. De vill förstås prata förstånd med dig, så att du lyder deras mål. Det naturliga är att du hör dem, visar det, utan att besvara. Allt du säger kommer att användas emot dig. Men, då glömmer de något väsentligt, livet som är mycket bättre. Det blir skollov igen, ni återser varandra, bygger vidare. Barnen växer. Du andas, lyssnar mer.

Tecknar – tränar

Tystnad.
I rummet på övervåningen var det lugnt.
Hmm, vad händer?
Tystnad hörs olika.
Vinden ute, cykeln, i Sibirien, stranden, skogen, ljuset,
inspirationen.
Övervåningen, törs du se efter ?

Med några välplacerade tuschpennor var hela barnet täckt av
variationsrika mönster, glada färger, mörka färger, blå läppar som
av den isglassen smält in i det övriga konstverket. Syskonen var
tysta för de var så fokuserade, nöjda, trygga. Att du försökte ge dem
3-4 minuter var nog ogenomtänkt, samtidigt en härlig begivenhet.
Tillfället gör tjuven. Det vita arket på staffliet var orört, möblerna...

Bara det vita trappräcket bär minnen från en treåring som hittat en
blyertspenna, och varje stolpe på räcket. Att det med en plastsax,
leksakssax givetvis, går att klippa gröna växter till konfetti är säkert
bevisat. Att barnen roas av att hjälpa till, genom att dammsuga alla
granbarren skapar mer kunskap om deras egentliga nivå." Jag vet,
vi häller ut allt och dammsuger igen", säger barnet kärleksfullt.
Eller, som när du försöker sysselsätta med en skål gurkskivor att
blanda i salladen ger det dig genast upplysningen att det här barnet
tänker inte överarbeta. Med ett handgrepp vänder den femåringen
skålen uppochner i salladen som blir klar på 10 sekunder, genast,
självklart och enkelt. Du frågar om de vill ha saft, och blandar som
de förut ville ha det, så lite koncentrat som möjligt och mer vatten.
Svaret ? "Jag tycker inte om vattemsaft" Smaken var tunn, barnet
utvecklas.

Allt sådant är du med om, och har kvar, tidlöst, för evigt inom,
precis som så mycket annat du kan välja att behålla för dig själv. Du
har nycklarna till rummen. Barnens teckningar förnyar.
Härligt !
Som den gången du får ett tält, ett pippitält för småbarn.

De dukade upp en frukost med sin miniatyrservis och förväntade sig att du sitter där med en förväntansfull idé om fika på låtsas, inkrupen i tältet som du fyller ut med hela dig, så barnen får sitta på "uteplatsen", på mattan kiknande av skratt. De ser dig kränga dig ut igenom tygstycket som skulle vara ingång. Tältet hade rum för en, olåst. De små tingen har betydelse. De stora händelserna håller vi utanför ännu ett tag, långt ifrån domstolar, myndigheter och bruna kuvert. Med den insikten förklarar tonåringen, som var med, som klippte gröna växter rappt och effektivt. Tonåringen, som kan tala med hästar, flyktdjur präglade av minnet.

Barnen gillade uppenbart att känna tuschpennans mjuka filtspets kittla i skinnet, ännu mer roade av att det färglade livets alla rörelser spontant, äkta och tacknämligt är vattenlösligt. Barn, tolkar fritt, tränar sig när de ges möjlighet, oskyldiga, när det kommer till kritan... Life ! Långt från Ghana idag, de övergivna barnhemsbarnen i Sydafrika då, utsatta europeiska länder med stängda resurser av hoten från grannland. Övergivna barn år 2013.

Ni avhandlade er frukost, i gemenskap, utan att bry er om KG Hammarlunds avhandling om Barnet och barnomsorgen, från 1989. Ni fortsätter, år 2019, avhandlar en fika, ett kortspel, några samtal om framtiden, lyssnar. Det är levande tystnad, när ni sedan skiljs åt ett tag. Uppfylld av något inom är du inte ensam, fast du går allen. Caféet har ett namn, ägaren talar franska med dig, och det ger mer än du tänkt dig från början. En synkronisering med annat, som får rum inom. Du har fått det, tidlöst, fotfästet, tryggt bevarat och längtar att få ge allt det goda i rätt riktning, tids nog. Du arbetar vidare. Det tar tid, och nu faller poletterna ned. Det börjar utkristallisera sig, till sist, möjligheterna som du fått arbeta för, utan stress, bara tagit uppgift för uppgift, tuva för tuva.

De som känner kunskapen, vissheten inom,
har en vision av det där Jungianska någonstans. Dröm !
En tyst kommunikation, med framtidsutsikter, på riktigt.
Barnen, de har rötter, flera genom dig.
Tystnad hörs så olika, känns olika.
Det är annorlunda mot en pinsam tystnad.

Tonalitet - tystnad

Hur en människa motiverat samtalar oavbrutet i nio timmar är en intressant upplevelse, något nytt för dig. Den 70-åringen bredvid, porslinsmålerskan var fullt medveten om sitt sökande "Att resa allen är bättre än att vara ensam, för det finns så många att samtala med", till glädje för fortsättningen, mitt i livet. Fritt flygande, filter. Du tänker, bättre ensam än pinsam. Tystlåten, inlyssnande grips du av hur tider, epoker flätas in i ett annat universum. Den resenären gjorde allt för att undvika pinsam tystnad, som hörs så olika i mellanrummen. Flygplansläge... Du tänker. I varje mening finns rum & mellanrum. Orkar du lyssna?

Alla rummen bär sin hemlighet, som när du på trottoaren i storstaden får njuta en espresso, läsa om världen, skicka hem ett vykort till dina barn, ser du värdet av historia, tradition, uppväxt, nutid och dåtid. Där, precis där i stunden trivs du. Dina barn bär du med dig inom, de känner dig någonstans, vet att du finns för dem, inom. I mellanrummen är tiden rymlig, signalerna snabba.

Den positivspelande mannen, med en apa på sin axel, ler vänligt, apan visar tänderna, i hörnet vid restauranger och cafeer. Blomsterförsäljarna dyker upp bland borden, i försök med dopade rosor tjäna litet extra. De tycks ha glömt att du nyss tackade för erbjudandet, vänligt, avböjde, igen. Pulsen är hög, ändå finns det vila, som i musikens paustakter. Takt & ton, tystnad i balans. Inget annat. Gatumusikanterna pryder mellanrummen i storstaden. Tunnelbanan knyter an, på ett sätt som påminner om våra snabba vita nervbanor som håller ihop din story. I ett brokigt nätverk, några sevärdheter, några rum med utsikt, insikt eller bara tomrum. Ett gäng tältande migranter föser ordningsmakten bort från kajkanterna vid floden. Branden i den stora katedralen för några månader sedan har derangerat ett landmärke, ett historiskt monument riskerade att gå förlorat. Omvärlden är utom sig av oro, raset, livets skörhet. Nu är det bevarat, väntar många år varsamt arbete. De bin som härbärgerats i taket finner ny plats. Ett bi, drottningen, La Dame, har god hjälp av arbetsbin som håller hov i sitt samhälle. Är samhället hotat byter bina ut henne. Drottningen lockar till sig myriader av arbetssbin och drönare. Drönarna svärmar runt och gör sitt för avkomman. Är det symboliskt, att katedralen behövde bytas ut, restaureras? Vi arbetar, vårdar, förfäras och söker, andas ut. Bin arbetar, ger honung, nektar från växter tas tillvara. Med sina vingar sprider de, pollinerar, det goda stoffet för ny växtlighet, tillväxt. Naturkraft, solenergi på taket, förnyar på alla sätt. En mötesplats för tradition, dåtid vs. nutid, gammal vs. ung, en blick, en kyss, förundran. Bevingade arv, allt får betydelse i sammanhanget, mellanrummet utsmyckas. Tystnad får innehåll. Naturens under, blommor och bin, sambandet skönhet och skapande, i tid och rum.

Den positivspelande mannen drar vidare, efter ett par timmar, något kvarter bort, samma visa om igen. Skorna utan skosnören, tandborsten välanvänd, apan iprydd paljettväst visar tänderna, håller fram handen. I hatten på marken ligger sedlar och mynt från olika håll. Bilar, sirener, horn, trafikljus, pendlare, fotgängare och vägarbeten korsar varandra i ett funktionellt syncytium, som hjärtat, storstaden.

Konditoriet är öppet, lång kö, brödet under armen, dagstidningen i handen. Där på marken sitter de, några vagabonder med varsin hund, och de lär ha varit med några år, på samma ställe. Någon skänker en slant, en peng, någon ger en brödbit, en kaffe. Det är livet, förbipasserande ser inte alltid att husväggen är tryggheten, innan den ångestdämpande promenaden. Husväggen i storstaden ger värmande lä. Tider märks. Inget sticker ut. Du lever upp. Hotellet byter gäster, rummen städas. I linneförråden dyker ibland upp överraskningar, det omedvetna. Det städas, vädras, andas. Du andas.

Oasen finns där, tvärs över gatan, bredvid internetcaféet. Det serveras till barnkalaset i rummet intill
med ballonger, visor och du minns. Barnets livfulla glädje när de förstår vad det handlar om. Omsorgen känns mer än ballongerna syns. Festligheterna är upptäckta, inkännande sjunger barnen, skrattar, njuter och får minne för livet. En tårta med ljus,

överraskningar med goda innehåll, paket. Den som ser det kan glädjas, när det finns kärlek. En knall, igen, den här gången var det en ballong. Lite skrämda av ljudet kopplade vi alla av, med kittlande skratt, för vi kände oss lika lättade, att det var en ballong som small, inget annat. Barnen, och du, får minnen för livet. Det har betydelse. Alla får påsar. Förståsigpåarna får påsar under ögonen. Utan myndigheternas omsorg finns i varje liten påse en tandborste, förutom obligatorierna godisar, frukt och ett bokmärke. Skosnörena är oknutna, barnen är barfota, skorna ligger huller om buller på golvet. Det är behaglig oordning, otvungen, äkta, verklig. Vi lever upp. Andas.

Den lilla flickan i barnvagnen är yngst på kalaset, pekar, säger något enstavigt, "ma-ma", andra skrattar ljudligt, minns du. Myndigheterna har förebildats i barnböcker som en efterhängsen svårmedgörligt stram humorlös gestalt, fantasilös för den delen.

"Från hotellet hörs en trio, i Tosellis serenad, det är kväll i min lilla stad". Mitt i storstaden hör du musiken, liksom inom, hemifrån den lilla staden i norr. Där, tvärs över gatan står en betraktare i bar överkropp, röker, vädrar ut genom sovrumsfönstret. Hans dagliga underhållning är att se över gatan, ungefär där du föreställer dig hotellrummen. I varje hotellrum utspelar sig allt, en såpopera, ett mannekängande sällskap, en bridgeklubb som har något annat än sodavatten i glasen. Två Sang, blödande från skrapsår efter rakhyveln går han in i köket, slänger cigaretten och tar upp kaffekoppen. Det rykande kaffet, elixiret. Det sägs att koffeinet ger samma belöning som vi gillar, fastän energidryckernas taurin som piggar upp hjärnsignalerna lurar oss vakna assisterade av koffeinets effekter. Droghandeln utanför på gatorna sker öppet. Du blir erbjuden en kaka, tackar nej. Ordningsmakten ser allt. Vad blir konsekvenserna?

Skadlig mängd koffein kräver rätt mycket, ungefär 100 koppar kaffe, 20 liter, på en gång är toxiskt. Upp till det kan du redan ha tröttnat på oro, skakningar, hjärtklappning och överaktiv blåsa som naturligt leder till minskat intag. Var annan vatten. Vi är 70% vatten. Kaffet är rikt på antioxidanter, rosteriet rensar rost.

Alla beskrivningar är olika. Tystnad i mellanrummen talar inom.
Vad händer sedan?
Mannen i fönstret, tvärs över gatan, ställer ned kaffekoppen, tar på
sin vardagskostym, går till sitt kontor där nästa klient väntar på sin
behandling hos honom. Han är psykoterapeut.
Därinne i ett rum med rena väggar, någon tavla, ett litet runt bord,
två bekväma stolar, sitter hon. Den kvinnan har nyss förlorat barn.
Tystnad.

Då kommer du ihåg den där gången, i ett mindre samhälle
därhemma, annan ort. Det är en annan berättelse. Den föräldern
kommer förtvivlad till dig på mottagningen och uttrycker att
myndigheterna har omhändertagit dennes barn. Den drastiska
handlingen förklaras av hela händelseförloppet. Pojken hade blivt
tillsagd av sin förälder att ha på sig mössan, eftersom det var så
kallt den dagen. Hos förskolan hade pojken sagt att föräldern slagit
honom, eller något i den stilen. Orden var inte så väl vägda för
tillfället och konsekvenserna blev dramatiska, kunde blivit värre.
Föräldern hade redigt tryckt ned mössan på pojkens huvud, utan
uppsåt att skada. Det visade sig att orden representerade något,
som delvis stämde. Det saknades i vart fall grund för
myndigheterna att göra ingrepp, ett övergrepp i en familj som
kämpar för sina barn, arbetar för sitt vanliga familjeliv och nästan
klarat det utan omsorg. Förskolans personal hade fått stränga
order, beslut från andra i organisationen, okänt var det börjat, ni
vet rykten, att hålla ett vakande öga på just situationer som den
som nyss uppstått. Efter en snabb utryckning, utvärdering av
handlandet insåg man att det var överilat beslutet att så radikalt
och ogenomtänkt diskvalificera en tappert ansträngande förälder
från sitt vårdaransvar. Stödinsatser som uppstår när du ber om
hjälp har en tendens att bli ett problem, eftersom de växlar upp till
mer än nöden kräver.

Så blir det i ett land med sysselsättningsbehov. Den föräldern
kommer alltid att minnas. Barnet lär minnas. Döm inte.
Det är i tystnaden, tomheten, skapandet får utrymme.
Det är konst, livet. Ideerna kan behöva input, få skjuts, en
uppmaning eller insats, från rätt källa,tystnad, lugn och ro.

Är NN frisk eller sjuk? Advokaten tappade fattningen, upprepade:
"Är NN frisk eller sjuk?"Advokaten frågade samma en tredje gång,
något skarpare, högre tonläge och starkare i mikrofonen.
Advokaten fick samma ocensurerade svar även denna gång med
samma tonläge, konstpaus förstås.

Det är undertonerna, att försöka ställa dig i en omöjlig situation.
Svaret "NN har friskt god hälsa" är en gyllene medelväg som varken
kontrasterar eller bekräftar. Idag är sjukdom så mycket mer artrikt
diagnostiserat än förr. Samtidigt är det ännu viktigare att
identiteten får leva oavsett med eller utan sjukdom. Vi säger att en
människa kan ha en sjukdom, men sjukdomen behöver inte ha
människan. Hälsa är så mycket. Att vara sjuk är definierat och för
att bli begripligt måste det förklaras i sin helhet. NN ritar, tecknar,
avbildar, glada färger, hästar, detaljrikedom, hjärtan som sjunger.

Syndromen vi kan ha är en grupp symptom, det förstår vi. En
sjukdom är en föränderlig process över tid, liksom hälsan. Ohälsa
eller hälsa. WHO definerar hälsa som "ett tillstånd av fullständigt
fysiskt, psykiskt och socialt välbefinnande". Betyder det att barnen
på barnhemmen var sjuka, även om de var kroppsligt, och psykiskt
fria från angiven sjukdom? Ohälsa är något annat än sjukdom.
Hälsa är annat än att vara frisk. Friskt god hälsa är ett tydligt
tecken på att du kan fungera, även om du till synes har en
funktionsnedsättning. Skall du då för andras skull tvingas
underkasta dig omvärldens krav på funktion genom att kalla dig
något annat än vad du är? Barnen är oskyldiga, och förtjänar ditt
beskydd hela livet. Du arbetar oförtrutet vidare.

Så kom det, äntligen, förarbetena till Hälsa 2020 som anger tonen.
Med bättre ledarskap och bättre styrning uppnår vi Hälsa,
förebygger ohälsa, och ger oss ett samhälle värt att tro på. Ibland är
ledningarna mellan våra ledande länder, dess ledare, onödigt långa
med sina villovägar, krypterade, sållande sällsamma, rent av söliga
utan wikileaks. Hjärnprogrammet, ånyo, tvättar byken.

Kors och tvärs. Framåt, framåt, bakåt, bakåt, och hit och dit, som i barnvisan, uppåt och nedåt, stopp ! Därför är du din bäste coach. En god coach förstår att ta rätt råd. Bättre brödlös än rådlös. Minsta motståndets lag, som vid husväggen, tryggt lutad däremot, ger en sorts bröd. Räcker den till, råvaran, när vi utarmar våra källor, oss själva i och med det? Flickan skrattar hjärtligt i visan, Stopp!

Fazer, brödtillverkaren, finner nu alternativa proteinkällor i samråd med internationella arbeten. Nära 2000 insektsarter konsumeras av människor världen runt. Omvärlden är utom sig av råden.

När INSECTA hösten 2019 i Potsdam drog upp sina riktlinjer för framtidens kostråd för världsekonomi, nya utmaningar m m är råvaran insekter. Erfarenheter från år 2018, etthundra år efter kriget i den storstad som då låg i karantän efter krigssviterna har stärkt devisen. Då räddades näringen av de allierade och goda ledare då liksom genom beslutet att skicka mjöl istället för bröd.

De allierade gav något bättre, goda råd ger bröd. Även om mjölmaskar och insekter är näringskällor känns det mer aptitretande med en vacker uppläggning, som ligger still på tallriken, brödet, i form och färg. Det gör inget om det dessutom doftar vänligt, så där himmelskt inbjudande som vi kan njuta av.

Det limbiska systemet, nära knutet, via sina enkla dörrar till rummet intill, vårt emotionella rum inom, tar gärna emot goda dofter. Gyrus cingulum och hippocampus heter ett par av våra huvudstrukturer. Också amygdala, lustcentrum, är mottagligt för feromoner och andra livgivande, lustiga alternativt lustfyllda, intryck.

Det sägs vara volymskillnad på det limbiska systemet hos schizophrena, schizoida och friska (i den bemärkelsen) individer. Våra sinnen har rum, olika rum, andra rum, delade, med konsekvenser. Vansinnet, vanans makt ger samma resultat utom för den vansinnige som tror på annat nästa gång.
Feromoner skickar vi ut. Bin kan lukta sig till sina på långt håll.

Människan är trubbigare, för vi har nästan upphört att använda vår evolutionära förmåga att känna efter. Intuition kallas idag för magkänsla. Det får så många tolkningar, idag. Det är taget.

Back to basic.
Tillbaka till ursprunget, för att förstå. Barnet söker sig tillbaka till sitt ursprung, sina rötter, för att komma vidare. Med en sund återkoppling ger du tryggheten och möjligheter på samma gång. Kärleken är tillit, palindromet, lika i båda riktningar. Hormoner skapar signaler, sätter igång våra cellfabriker. Några hormoner, co-enzymer, kallas för vitaminer, det är små nycklar till lysknappar i våra inre rum. Observera att insektsnyckel finns inte, än, men kanske snart. Orden förvrängs. Insexnyckeln är till för hexagoner, sexkantiga bult-/skruvhuvuden. Varför förklaringar, tänker du? Äsch, det är självklart. Som världen ser ut idag har vi tappat taget. Det vackra är samma inom. Allting, nästan, grumlas av bruset utifrån. Ångest och stress hänger ihop. Det kan lindras.

Du kan alltid gnugga dina händer, i det syftet. Du kan hålla en geranium, eucalyptus eller annan eterisk oljeproducent i ena handen och gnugga. Känn, dofta, njut av aromen som direkt helande ångestlindring. Rätt oljor ger rätt signaler. Oljan på vågorna. Det är lysande utan Uran, Det ger energi utan ödeläggelse.Oljeproducenterna som gnuggar sina händer fel kan erfara trycksvärta.

Minns du? De flyktiga aminerna, estrar, dofterna når in i vårt autonoma nervsystem och kan där fungera triggande igång eller dämpande emot värsta tänkbara, förstorar eller neutraliserar worst case scenarios, som du bättre hanterar väl avslappnad och mentalt förberedd. Det är själva tanken med aromterapi, att ge lugn, balanserad harmoni. Vissa aminer, som från de kvarglömda ostarna på hotellrummet, resterna under sängen, odörer av ammoniak ger spontan aktion att vädra ut, gärna.

Så är det med våra sinnen, lukten sätter spår. Ett friskt sammanhang är tilltalande, därmed. Det luktar av rykten, också, känner du. Intuitivt sniffar du litet, funderar, sätter upp fingret i luften. Fingertoppskänsla krävs för de där små detaljerna som kan reda ut de mest vansinniga situationer, med originella, oförväntade, lösningar. Är det pinsamt?

Alltså, det finns hopp. Barnen litar på dig, när du hela tiden arbetar för en god riktning för deras bästa. Kärnorden, devisen, som förståsigpåarna tar i sina handlingar, upprepar för ofta, som för att påpeka något. För barnens sämsta ? Vem har någonsin uttalat något sådant? Det låter så bra, tycker förståsigpåarna med orden "Sekretess", "barnens bästa" och särskilt intressant blir en vårdnadstvist, för då får de jobb, betydelse. De glömmer att det arbetet är på bekostnad av något sunt, fotfästet. De förskjuter, förblindade av sitt krav på prestation. En fråga avgör råd eller ej.

Det är känt att prestationerna inte har lika effekt på självkänslan hos vuxna, med många variationer. Arbetar du med välgörenhet i en organisation är det tänkvärt att känna efter, om det görs för att kompensera egna tillkortakommanden, eller behöver bekräfta en plats på något vis. Mänskligt, försvarbart, med riskerna att det blir kravfyllt när det sker på bekostnad av något annat, någon annans behov försummas, förminskas och åsidosätts. En tandborste och skosnören delar de ut, myndigheterna. Du är värd mer.

Vårdnadstvisten underblåser rykten om personlighetsdrag som är långt ifrån verkligheten, men vad ska någon tro? Varje ord du säger kommer att användas emot dig. Varje handling du utför kommer att värderas. Det gäller att vara så mycket människa att helheten ger ett så pass genuint intryck att de små ryktena blir som solens fläckar, något som inte stör helheten. Alltså, hanterbart, långt borta från stunden här och nu. Platsen kunde vara Lilla Edet, en liten ort med betydelse. Fläckarna i solen är energiska utbrott som Galileo Galilei noterade, observerade för 400 år sedan. Den joniserande gasen som solen skjuter ut påverkar magnetfälten. Engelsmannen Richard Carrington studerade särskilt dessa från Lilla Edet. Knappt hundra år tidigare hade europen William Herschel konstaterat att veteskörden sjönk vid tätare utbrott, fler fläckar i solen, och vetepriset steg med dyrare öl, malt och om det gav bättre hälsa, indirekt, med mindre ölkonsumtion, får vara osagt.

Fler fläckar ger sämre skörd, skulle man kunna förenkla ekvationen. Då räknar vi ut snabbt att fler rykten ger sämre hälsa, eller sämre förutsättningar för dina barn att få vara nära dig. Du behöver hålla igång arbetsmotorn mer, på fler ställen. Du lyckas med bedriften tack vare att arbetet blir utfört, till största delen så att andra blir nöjda. Där är det liv, lust och fortsättning.

Nya utmaningar väntar, som när du vaknar till liv, kommer upp till ytan, ännu en gång. Du får det egentliga svaret när du är aktivt deltagande i ditt eget liv, tar ansvar och ser din uppgift, att oavsett hur begränsande motparten försöker verka, oavsett hur stelbenta, och rädda, myndigheterna är att göra fel, kommer de goda stunderna att bära, som tuvorna på myren. Du flyter fram, glad varje gång, fyller på, ger vad du kan, tar en omväg ibland, när solfläckarna, den joniserande strålningen inte ebbat ut riktigt.

Mannen som upptäckte en planet, Uranus, fann också infraröda ljuset som kan göra det möjligt att se bättre i mörker. Att känna sig fram är ytterligare en dimension, för att se klart. De långa vågorna i IR med sin relativt långsamma frekvens svänger det om, mindre, och därför saknar vi pupillreflex mot det lågfrekventa ljuset med risk för skada vid för snabb upplysning.

Hur ska det kunna appliceras på kontakten med dina barn, som verkligen betyder något säger du. IR är ljus och värme. Komfortvärme i lägre frekvenser Solens strålar når oss med den låga frekvensen, värmer, precis som din närvaro, den lugna, värmer barnen, ger trygghet. Du behåller ditt lugn på många olika sätt. Det bästa är om närheten, tillvaron i stort, kan bidra med det ni behöver då, just då. Högre frekvenser närmar sig UV-ljus, ultraviolett, som istället riskerar skada barriärerna, huden, och ge helt andra fläckar som visserligen kan läka, men kan kräva behandlingar. Det är ett samspel, en symbios med naturen som gör människan så förunderligt fantastisk att förstå. Vi har en uppgift, ännu, att greppa. Du greppar läget. Arbete värmer upp. Du andas.

Självkänslan är med i din närhet, kärleken.
Prestationerna är uppgifterna som ändå behövde utföras.

När där finns ett verkligt behov är målet äkta.
Det är problematiskt om varje prestation ska kvittera självkänslan,
eller självkänslan vidimeras, befästas, endast av prestationer.
Arbetet skall utföras, plikten framför allt. Så är det.
Varje nytt uppvaknande leder plausibla sannolikheter till mera.

Som samhället ser ut, i synnerhet inom sjukvården,
där arbetsfördelningen schematiseras emot alla logiska principer.
När patienten söker akut, har ont, får frågan fem gånger, av tre
olika individer: "Har du ont ?" då blir det pinsamt.

Förståsigpåarna har fått stränga order att dokumentera alla
prestationer, tider och antal, när sjuksköterskan delar ut filtar och
blandar saft istället för att få ägna sin rikedom adekvat (någon
alternativare, komplementärmedicinare kanske vill läsa "Reiki" i
ordet rikedom, healing, istället? Please do !). Sjuksköterskeyrket är
ett kall, att få göra sitt bästa för det mesta i en struktur som öppnar
upp för det. I bristen på logisk logistik inom sjukvården får den
sjuke lära sig tålamod, smärthantering, och att tygla vreden eller
förtvivlan samt att uppgivet identifiera sig med, känna, ångest i
betraktelsen över en annan patient avleda sin oro promenerande i
korridoren. Sjuksköterskan aspirerar, andas fel. Signalfel.
Det gick som på räls, nyss. Akut situation förändrar läget.
"Oj, vad många, vi kommer inte förbi..." Se framåt, lite bakåt.
Känner du igen det ?

Att bli älskad saknar prestation, begriper du.
Känn efter. Du behöver inte gilla läget för att gilla.
Det är ändå barnen som ser mellan raderna, mellanrummen fyller
de i. Så länge du är densamme, gör gott, anstränger dig veritabelt
för deras skull, behåller du digniteten. Du skyddar deras tillvaro
genom att vara ärligt rak, verka för samförstånd och inspirera.
Drömmarna du har haft gestaltar sig, öppnar för fler drömmar.

Du vaknar. Nya utmaningar väntar.
Så har du precis påbörjat något mer. Men, du väntar lite till.
Stunden är rätt så skön just nu, värmer. Väl isolerad inom,
leder ut till de du anser behöva vad du kan ge allra mest, och bäst.

19
Trådar - tuvor

Med inledningen, värmen.
Strömmen når vidare in. En utledning kopplar från, eftersom, för
ut, direkt, DC, Edison slog på strömmen, tjänade på det. Teslas idé
för och emot, växelverkande. Allt går att forma, som neologismer,
nybildande av ord. Barn är särskilt påhittiga t ex med ordet "fickla"
som innebär att lysa med en ficklampa. Vissa ord är modeord,
andra har redan en betydelse som ingen känner till. Äfsing, är en
rest från då. Utredning tillsätts för att bedöma vilka ord som skall
finnas, och vilka som inte skall finnas. Tjänstemännen ägnar tid åt
sådant, förklaringar, för vems skull?

Inledning; Elektricitet behöver ledare och isolatorer. En ledare,
som namnet säger, leder strömmen i en riktning. Så fungerar vi, i
samhället, en ledare styr strömmen, arbetet, påverkar mer på olika
sätt. Ditt ledarskap för dina barn, du leder dem på en goda väg, tror
du, för harmoni och balans. De är uttrycksfulla individer på alla vis,
barnen. Isolatorerna håller om, skyddar, stänger in etc. Språket får
innehåll. Vad säger de, barnen. Du förstår det ordlösa, tystnaden,
när ni faktiskt känner varandra. Där kan du känna det fina, men
också obehag. Obehagligt är det, osanningar och beskyllningar. Så
stigmatiserande att det får effekter på nästa person, ohanterat. De
obehagen måste hanteras rätt, och direkt för att du skall kunna lösa
upp dem. Ett avvaktande gör att du måste vänta in mer, för att bli
trodd. Det traumatiserande, att inte bli trodd. Så många exempel.
Där det funnits negativa energier är sanningen så tydlig. Barnet
känner efter, blir påverkat. Du har möjligheter att ge dem en god
väg till livet, deras obekymrade inlärning. Trygghet. Lär barnen
finna lugn, ro, sin självkänsla. Det är utveckling. Alltid har vi lärt
oss av varandra, i evolutioner. Revolutioner uppstår när något står
stilla, saknar riktning, saknar ledarskap. Revolt, revolution, gör sitt.
När du inte får vara med dina barn finns ingen plats för revolution,
kan du tro. Det är fel. Det är hur ni skapar er gemenskap som ger
evolution, utveckling. Blev det invecklat? Äsch, några ord. Då blir
det revolution. Även om det är glest mellan tuvorna på myren så
står de där ändå.

Tuvorna på myren?

Målaren hade använt blyfärger i sitt arbete, i mer än 30 år. Bly kan lagras in i våra nervbanor, proppar igen nervcellkärnan som blir dysfunktionell. I motoriska nervbanor ger det rörelsenedsättningar. Det är alltså ingen sjukdom, det är en skada, som yttrar sig som en sjukdom. Polio, viruset, däremot, ger liknande effekt på nervbanor, orsakar en inflammatorisk reaktion och slår ut nervfunktionen på stället. Nerven, som leder energiska signaler till muskeln, slutar aktivera och muskeln slutar arbeta, förtvinar. Hjärnans respons på för mycket bly kan orsaka förändringar i humör, funderingar, tankar och ge upphov till hallucinationer, verklighetsfrämmande intryck som hämmar funktionerna i övrigt. Behandlingkrävande. Målaren hade av blyfärger fått skador och lindrades behagligt av för honom fungerande läkemedel utan att förstöra övriga känslor.

Att försöka klara sig utan läkemedlet är alltid tänkbart, men för målaren var det till slut nödvändigt att lindra, fast läkemedlet gav känslan: "-som att gå på en blötmyr". Adapterat. En blötmyr, som du sjunker ner i, knappt bottnar i, är dyig, klafsig och lerig som livet kan gestaltas. Grästuvorna som växer håller ihop det, växer litet och bär. Du går på dem över myren, ser, luktar, upptäcker mer av livets goda innehåll, genom att spara krafter. En besparing ger dig uthållighet, energireserven. Lite ansträngning är ett krav för att komma framåt. Det kostar litet, återhämtningen bygger upp. I en reklamtävling för ett orörligt livsmedel stod "lagom söt, lagom kärv, utmärkt energireserv". Pålägget, kokkaffe, något saltat, torkat eller konserverat är tradition, ger energi, på myren. Rökt. När det svider i skinnet, rökt. Allt kan omskrivas.

I alla fall, så tar du till dig livet, lagom sött, lagom kärvt, med din energireserv. Hela tiden är arbetet värt din insats, åtminstone för dig och dina barn. Dina barn ger energi, och kräver en del. Det kärvar ibland, så att vi liksom skepparlärlingen lär oss segla i alla väder, kryssar. Spädbarnet vet, behöver närhet, kontakt för sin överlevnad. Du gnuggar den nyfödda med en mild frottéhandduk, retar litet till liv. "Lika retar lika" är också homeopatins princip, med skonsamma medel stimuleras livet. Den nyfödda fyller sina lungor med luft, låter. Livet andas ! Du håller om, skyddar, isolerar, leder. Du andas. Redo på nytt.

20

Tillit - tillbud

När får du svaret på vad du gjort?
Patience, som betyder tålmodig, väntan,
har sin funktion, om du håller ned inre stress.
I akuta situationer kan alla försvaren rämna,
reaktionerna bli oväntade. Utryckning.

På barnavdelningen var förstföderskan något prematur. Det var
tvillingar. De skulle hanteras av barnöverläkaren som avvaktade
besked från förlossningen. Varje förlossning sköter naturen om,
men vi har, människor i modernt samhälle som vi lever i, valt att
försöka ändra på naturens under. Det är fysiskt utmattande, nästan
omöjligt, att krysta fram ett barn liggande på rygg, när det infödda
är att låta kvinnan sitta på huk, eller stå något framåtlutad med
stöd för att lättare kunna föda fram sina barn. Människan har
någonstans beslutat på ett sätt som gör uppror mot naturen.
Komplikationsrisken ökar med fler aktörer. Det som behövs är
någon som förstår vad de är med om. Barnöverläkaren kom sedan
när förlossningen var över, barnen under god omvårdnad,
hela, friska. Stress och ångest, kan leda till konfusion, villar bort de
som skulle hjälpa, ställer till det. Mamman som nu skulle få
tvillingar var inte riktigt förberedd. Det gick fort. Första barnet
kom, vackert rosa, hyperemiskt kallas det välfungerande och med
god cirkulation. Det andra barnet, tvilling nr två, duplex 2 som det
kan kallas på papperet, var cyanotisk, ansatt, syrefattigt blå, något
slö. Gnuggande med frottéhanddukar och barnen får, insvepta i
varma torra omslag, läggas i sina bäddar, i fuktiga små kuvöser.
Där skulle de få tillväxt, näring, isolering och deras föräldrar kunde
fortsätta ta hand om dem en tid, på BB. Barnbördsavdelningen har
sin givna funktion, uråldrigt, förevigande.
Du undrade, hur gick det, en var rosa, en var blå. De var en flicka,
en pojke, du minns. Fåtalet år senare träffade du på dem, där de
glatt, till synes friskt, promenerade i en tvillingvagn iakttog livet.
Du hade en längtan själv av liv. Åren var 1999, respektive 2001.
Deras föräldrar mindes dig. Du mindes dem. De har sitt rum ännu,
för länge sedan förutsett, förberett.

Den känslan är obeskrivligt varm och god, så där som du nog har känt. Kontrasterna gör livet märkbart. Det sköra kontrasterar mot det livfulla, vibrerande. Härligt, livets form och färg. En akut situation, som inte ser så anmärkningsvärd ut kan visa sig behöva akuta insatser för det livräddande. Där är vi, hur det får betydelse, det trygga. Det håller till och med kroppsformen bättre, är det visat. Med närheten till vad som verkligen betyder något, uppvaknandet av allt du ser, får uppleva, ger insikter som du senare har nytta av.

Kan du med den insikten förstå andra, vad du utstrålar och ger för intryck? När du sköter dig, håller dig på mattan (inte enbart i tamburen, som ordstävet antyder), väntar på tillåtelse att ens arbeta för det du tror på, då är du inte i vägen. Alla har sina liv, sin ambition, och visst är det lätt att påverka varandra medvetet och omedvetet, kanske undermedvetet. Därför är det lättnad varje stund du ser de som kallar dig förälder i ögonen, förstår att de ser dig, vem du är precis som du ser dem. Tillit. Du är någon för dem, du är viktig ingress och de kommer att bli för dig, kan det visa sig senare. Klarar du att se dina föräldrar som medskapare i ditt liv är du nära din tillvaros medelpunkt. Se dem, deras ambitioner, traditioner och arv. Se deras betydelse.

De har efter bästa förmåga, just då, hanterat eller inte haft förmågan att leda dig rätt fast de ville.Vi har gemenskap, privat, globalt, i allt som sker. Vi delar mer än vi begriper, och visst ska du välja vilka du har närmast, välja var du riktar dina energier. Någon gång hindras du av omständigheter. Du vill ha det enkelt. Det går. Vi hjälper varandra arbeta enkelt. Annars blir det pinsamt.

Den trettonåriga, snart fjorton fyllda, tonåringen kom till läkarmottagningen med sin väska i knät.
Uttrycket "ingen tar mig på allvar" säger mer om livssituationen just då, mognad och insikt mer än många vuxna ville förstå.
Med sitt unga intryck bedöms tonåringen särskilt av omgivningen. Går du speciellt betraktas du speciellt.
Känslorna kan vi isolera, leda eller förmedla. Inlevelsefulla när vi förstår, känner med varandra och inser vår betydelse för omgivningen. Det hjälper, en del.

När vi föds anger färgen på vattnet vi tillbringar de första nio
månaderna i hur starten kan bli. Livet är skiftande, färgas, formas
och du får med dig ett sammanhang; En närstående konstaterar
lakoniskt att släkt får man, vänner skaffar man. Meningen med det
är rätt sund, att vi bör tänka till. Våra ådror, leder starkare, väger
tyngre, än vattnets kanaler (omskrivet för att finna en positiv
riktning, undvika negativa energier, anm. underförstått) närmast
oss, inom.

Hur gör dina barn ? Ser, tänker, gör de som du?
Den vuxne betraktar, suckar litet med orden "Gör som jag tänker
inte som jag säger", fastän barnet inte gör som den vuxne säger
men väl som förebilden den vuxne individen gör. Det är långt ifrån
hur den vuxne tänkte, liksom ingen läst tankarna.

Hur kan det komma sig att vi känner något som kan hända senare?
Är det längtan, insikt eller gammal erfarenhet? När allt kommer
omkring, i ett sammanhang, får du klart för dig. Livet är din story,
har en riktning, du känner när du kommit rätt. Tar du till dig det?
Dina barn behöver dig, på bästa sätt för att uppnå sitt syfte. Det
finns vägval, en del.

Drömmar är ditt undermedvetna som talar till dig. Du får ideer,
inspiration. Där är allting relativt, önskningar, realism, känslor. Det
ledande är din riktning, vardagen som du är medskapare i, får liv.
Dina barn lever upp. I drömmen är allt möjligt, i livet verkligen.

Du vaknade upp i tågvagnen, för tåget stod stilla. Var det här du
skulle av? Du lyckas kränga dig upp ur förstaklassvagnens säten,
som hade ersatt den liggvagn du bokat biljetten i. I nattmörkret
utan att se klockslaget vränger du dig upp, rusar ut, packar upp tre
kollin, varav en obligatorisk matkasse hemifrån, en ryggsäck samt
resväska. Steget ner till perrongen, som var osedvanligt mjuk och
sluttande, var större än beräknat. Determination.
Ett bestämt kliv ut i snön markerar läget. Till höger ser du, bland
granarna, en konduktör med lyktan som lyser emot dig, ljudlöst,
stjärnorna lyste upp litet, tåget stod still. Det var en älg på spåret.
Till vänster ser du knappt, i mörkret bredvid tågvagnen.

Det var en älg. Tankeställaren väcker, tänder upp ditt inre sovrum, du återfår fattningen, tar snabbt hand om ditt bagage för den fortsatta resan. Tågdörren skulle inte gå att öppna, något var avspärrat. Tur du hann med. Killen som sov i sin sittplats sneglade, väcktes mer av vinddraget från den öppna vagnsdörren än det dova ljudet av din frenetiska överaktivitet mitt i natten. Det var en del av de andras resupplevelse, ditt uppvaknande. Det var år 1990. Hela livet är pinsamt, sade hon, tonåringen, insiktsfull med glimten i ögat. Snön, strumpor och lågskor är ingen höjdare ihop i blötsnö. Värmen i tågkupén tinar det mesta, även påsen med bullar och lunchboxens innehåll, så pass att fukten sänker stabiliteten i papperspåsens botten som kan lossna. Du får fler saker att bära.

Så är livet, hela tiden oförutsett, berättande med fler saker att bära. För somliga kan det vara en tävling, livet, ändå med samma mål till slut. Skynda långsamt, upptäck allt det där som gör det värt, ger mening. Fortsättning följer.

Du gallrar, dåliga grenar i buskaget ansades, men ingen frågade varför, noterade bara stympningen som när det återhämtat sig ger en frodigare formbar grönska där bakom husväggen. Förskönar, laster? Du suckar, förmår höja blicken, något.
Vi lär oss.

Livet är konst, artisten är Du.
Abstraktioner och kontraster.
Sanning och modellera.
Franklin vs Waldorf.
Modulationer och stringens.
Brinell vs Scoville.
Kärnvirke och kroki.
Armatur och stuckatur.
Manipulationer eller frenesi.

Allt ryms i helheten.
Du andas, på nytt.
Transpirerar.
Inspirerad.

21

Tematisk - taktil

Rubato.
Själens musik.
Rubato är musiken inom som anspelar på total flexibilitet,
"rubbat", rubato. Hela livet kan bli rubbat, när det tappar stringens,
i oordning totalt för det släpper sin riktning. Det behövs ändå en
riktning för den goda saken. Ett harmonium, en harmonica,
harmonika slår an tonen. Positiv.

Den vuxnes "gör som jag tänker, inte som jag säger, " vs. barnets
härmande mottaglighet för dina handlingar att ta efter, sätter djupa
spår mer än du uppfattar. Diskrepans. Det blir rubbat, ekvilibriet
om vi är för perfekta. Befriande känsla när något får vara så där
lagom kaotiskt. Ett barnkalas, med oknutna skor huller om buller,
grädde från tårtan på bord och stolar, växter vackert beskurna till
oigenkännlighet. Den bedriften hade du själv lyckats med hos ett
strävsamt par som bad dig ansa buskar hos dem. Du tog ordentligt,
för så var du lärd. Att det skulle gapa en månad, som en stor-käftat
törstande, hålet bland kvistarna i idegranen visste du skulle lösa sig
efter ett tag, med litet tätare barrväxt som du hade lärt dig av
praktisk erfarenhet och lite närmare efterforskning med flitens
lampa av respekt för resultatet. Så länge det finns barr kvar utanpå,
och nära snittytorna gynnar du tillväxten. Patience.

De hinner upptäcka att det tar sig, efter viss tid. Tiden är relativ,
som bekant, också till tålamodet.

Att likna ansandet av idegran vid barnuppfostran är för långsökt.
Det hoppar vi över.
Det händer visserligen ibland att barnet gör som du tänker,
ingivelser ur symbolstadiet, då barnet upptäcker brister. Så är det.
Inte många besitter den undermedvetna förmågan att känna in
tankar. De går inte att läsa, utläsa, möjligen att förutse, eller
förutspå. Det är ord, vackra ord i ett vackert liv.
Så är det för dig, efter de snabba resorna bland rummen.
Hotellet är stadigt bemannat i ett sällsynt gott samarbete.

Ägaren ber oss lyfta blicken, för att få se mer, klarare, och andas. Du ger gästerna chansen att trivas, andas de med. När det är väl förberett klarar du av stormen bra, blir inte chockad som det så populärt hette under den epok som kallas den glada. Det glada 50-talet, efterkrigstiden, i vårt land har positionerat sig, traditionell enkel epok med minnen.

Vi upprätthåller våra minnen, som har betydelse. Lukten, känslan, orden, saken.

Till saken.

Under förhandlingen, mötet, räfst och rättarting emot dig som förklarats så olämplig, samtidigt som du faktiskt utses till stödperson i ett annat sammanhang, grannkommunen närmare bestämt, är dialogen förutbestämd. Du bryter logiken. Barnen är inga ägodelar, snarare i visst mått för den egocentriske besvärligt krävande individualister med stort behov av trygghet och närhet. De lever upp, piggar upp, skyddar även dig för sin egen skull. Utsatta lägen gör avtryck, lojalitet. En av nämndemännen, politiska utsedda tjänstebud som vi har i Sverige i stället för en av domstolen slumpvis utvald medborgarjury, tycks skratta åt underhållningen. Underhållande? En vårdnadstvist? Det är galet.

Det är tragiskt, behjärtansvärt och omyndigförklarande på samma gång att två vuxna människor tillåter sig den sortens chikanerande, göra narr av sina barn, bara för att ena parten vill ha ensamrätt, possessionsrätt. Syftet blir att försöka smutskasta motparten så mycket som möjligt, men om inte det fungerar fullt ut? Det är rubbat! Tema med variationer, rubato, oskrivet är musikörat så totalt olika. Känsla, fingertoppar, rummets resonans, tystnader improviserande taktart fast några tycks ha svårt att göra avsteg från notbladen, manus. Du kan inte spela marseljäsen ("La Marseillaise" troligen av Claude Joseph Rouget de Lisle), från samma notblad som tydligt anger fjordlandskapen i morgondiset så in i Norden (Peer Gynt, av Edvard Grieg).

De notblinda, förståsigpåarna, har visserligen akademisk examen och några en aktningsvärd livskunskap. Hur ska det hjälpa Dig och dina barn i motljuset?

Med ditt sjätte sinne, ref. extrasensorisk perception, vaknar du till, med retikulära formationen, hjärnans kopplingscentral, slår du på din inre mentometer, med IR lampan sveper du över lokalen och återför till limbiska systemet, känslocentrum med mera.
Grovt förenklat.
Vi har förmågor, som fortfarande är gåtfulla outforskade.

De nedlåtande, avslöjande hånskratten är det sista du behöver, även om du kan se det tragikomiska i tvistandet och skuldbeläggandet. Anmärkningsvärt är att med ditt enkla erkännande, fast förankrad, och med fortsatt driv för barnen, som skall ha båda sina föräldrar nära, att du gjort visst fel och har vissa brister som många påstod att du inte insåg, ändrar sig domstolen, ändrar versionen till att använda det emot dig. Vid närmare granskning i domen blir det läsvärt att ditt uttalande, självinsikten, diskvalificerar dig från något du egentligen värnar och bevisligen värnat. Övriga framgår, i ljuset av det här, som felfria. Du har IR-lampan på. Motljuset lyste starkt, och övriga såg dig bara ta emot, utan att värja dig, filtrerande motljuset för att slippa bli helt bränd för Din och barnens skull. IR lampan används i mörkret.

Excellerandet över smärta är ett riskbeteende. Du kan onormalt ta på dig, populärt kallat "offerkofta" när allt tycks frammana brister hos dig. Din skuld är otvivelaktig, men du hade erkänt din del. Hur länge skall det pågå? Konkursförvaltarens ambitioner, att laglydigt följa sin doktrin, genom att låta ekobrottsmyndigheten fingranska dina räkenskaper gav resultatet att du faktiskt följt bokförings-nämndens rekommendationer, i enskild näring. Företagandet blir därmed orört, och det fina med enskild näring är att det är inget skattesubjekt, du är, vilket skulle motverka syftet att driva in medel till staten och borgenärerna, de som ville ha allt du ägde. Konkursförvaltaren såg intäkterna flöda från ditt arbete, klirr i kassan till konkursförvaltarens arvoden, staten först, borgenären, förblindade. Så gick det till, då. Förståsigpåarna med statligt, offentligt uppdrag vars ambitioner uppenbart är att punktera privat näringsverksamhet, bör öva musikaliskt innan vendettan mot enskilt förehavande. Eftersom Du fört bok som man ska, redovisat som man ska, och dessutom deklarerat samt betalat skatt friades

Du från åtal och eventuella misstankar saknade grund, än idag. (anm.) Hur skulle du kunna gottgöra skulderna när du samtidigt elimineras från arbetsmarknaden? Anmälningar som lök på laxen, som hoppar ändå, skapade extra arbete. Här fanns bara riktning framåt, oljelampan på, IR-lampan på, tvättprogrammen avlöste varandra, centrifugerat i lagom takt, och hjärnan utvecklar, om det inte blir för inveckllat. Tur eller otur, sin egen lyckas smed? Du avgör. Glada laxar hoppar mot strömmen, så kom det, uttrycket. Ån har en central betydelse. Många bäckar bildar en liten å. Därför bör du passa på tillfället, "tjuva litet" egentid och ropa "Åh-hej" varje gång du kliver över en bäck. Ån kan du behöva segla över, som skepparlärling. En punkterad cykel kan sedan repareras. Punktering är musikaliskt sett nyansering av noterna, för övrigt, tonen ljuder litet längre. Fermat.

Omskrivningar. Annars vore det ingen story. Du tänker, säger inget särskilt, barnen handlar därefter vad de ser. Scenfärdiga myndigheter, i en burlesk teater. Observera att barn kan ibland med konststycket att göra som du tänker, spontant improviserande, musikaliska inom sina skyddande kokonger, sina skal, kan de känna på sitt vis. Visdom låter det. Tänk om rätten fick sjunga ut!

Kärleken, så klar och sann, förnuftig och ärlig gör den bara gott. Alla vet. Du vet. Ändå blir det på annat sätt. Något fattas.

Du kan bara arbeta genom att gräva där du står,och erfarenheterna, tyngden bär du i lika stor omfattning du får lov att bära. Det finns riktiga värden, mer än pengar.

Tystnad.
Tankar.
Tid.
Tålamod.

Det är klart att allt ordnar upp sig. Du har arbetat med enkla medel, i olika omfattning, med enklare och svårare uppgifter. Barnen skall alltid få sina erfarenheter, deras känsla blir en utmaning för de och för dig. Om allt blir för tillrättalagt hämmas utvecklingen.

Din sanna potential kommer bättre till sin rätt när det tar emot. Så som det var med spädbarnet retat av frottéhandduken minns du. Det är vitalt, fundamentalt. Motvind. Slutar det blåsa kan du falla omkull i pur förvåning. Perplex.

Alltså, du får efter en tids arbete någon form av belöning, vilar, andas och allt det där vi hört förr. Nu gäller nya utmaningar. Enkelheten i nuet gör det möjligt. Du arbetar, strävar, vill gott. Du har mycket kvar att ge, göra och får säkert bra resultat, så länge du jobbar på det i rätt riktning. Ledande. Vind, roder, erfarenhet och kalibrering av dina sinnen styr, leder bättre rätt. Barnen har sin spontanitet, uvecklas via sina stadier, som fjärilen har sina. Vi lär av naturen, att leda genom att lära är oundvikligt, annars stagnerar hela programmet. Du blir inget vidare.

När det kärvar stärker de vingparen, adaptivt, assimilerar, fjärilarna, symbolbilden för naturens änglar, särskilt när det tar sig ur sin betryggande tillväxtmiljö i kokongen. Ger du för mycket hjälp där förlorar de själva spurten i tillväxten. Fjärilseffekten avtar. Vad barnet kan utföra senare är påverkat, rubbat. Bilderna, liknelserna åskådliggör bättre för vårt konsekvenstänk, leder tillbaka till behaviourismen. En fjärils vingslag i ena hörnet på vår glob, den runda, sägs starta orkan på andra sidan jorden.Vi har lärt oss tyda, uppskatta och betrakta delar av vår natur. Du fortsätter.

Under konkurs, tre år. Allt du arbetar in i kapital tas om hand av de som vill ta. Trots en fordran som uppgår till hälften av vad du tjänar under 18 månader och med säkerhet, bostaden i pant. Det är så att bostadslån med säkerhet i pant är ett absolut hinder mot konkurs, enligt gällande lagstiftning. Det tycks inte gälla den här gången, när du dessutom har arbetat in kapital som täcker hela fordran från konkurssökande banken. Ofta är det en bank som skyddar sig, sitt privata ägande i koncernen givetvis, mer än vi bankmedlemmar som äger våra andelar. Samma bank förklarade sig ha grund för sin fordran i sitt mål mot staten i samma förhållande som du naturligtvis skulle behålla din bostad emot banken som faktiskt saknar rättslig grund att ens söka dig i konkurs. Således, här är det uppenbart att pengar köper tjänster.

Men, du har din enskilda näring, arbetar.
Ditt rena samvete är värt mer, kostar inget för dig, vänta och se...
Så, när du nu har kapital på ditt konto med grunder för att lösa ut
hela fordran med dessa tycker några att de vill ha vad du äger.
Deras problem blir mångdubblat, kommer det att visa sig senare
Utan att ange belopp här, inser alla med enkel matematik att om
Bankens fordran är 1, kanske 1.8, du arbetar in 2, och dessutom har
banken en pant, din bostad som bevisats värd minst 1. Då har du
klarat ditt uppdrag och får behålla din bostad 2+1 blir 3 och
Bankens fordran är 1, låt oss generöst säga 2 så att ingen känner sig
vilseledd eller försmådd i sin begäran. Problemet för Banken är när
de av lojalitetsprinciper, eller liknande, kan få det hett om öronen.
I telefonluren låter någon hetare än den faktiskt blir eftersom det
idag är digitalt. En analog telefon kunde teoretiskt med ljudens
svängningar, förtunning-förtätning i luft enligt skolfysiken,
överhetta membranen i hörsnäckan på telefonluren i heta
vibrationer. Det händer inte idag, digitalt. I ett samarrangemang
beslutas att ändå sälja din bostad, ta hand om alla medel du arbetat
in, som täcker alla fordringarna och egentligen mycket mer, kallat
solvens. Du är solvent, har tillgångar mer än skulder. Vem vill då
påstå annat och varför?

Orsaken är banal. Förståsigpåarna, de självutnämnda motpartens
kontakter, och din motpart på inte alltför oberäkneligt avstånd, har
stört sig på att du aktiverat ytterligare avans för gemensam vårdnad
om Era barn, era gemensamma ansvarstagande skyddslingar,
försäkrade genom dig (bevisat). Med saklig prestation, år 2013-
2014, presenterar du underlagen, du äger bostaden för deras
ursprungliga hemvist, och arbetar med höga intäkter borgande för
trygg ekonomisk tillvaro ändå som samhället ser ut, fastän du vet,
vi vet, att de genuina värden vi har är väsentligt högre. Det prövas
inte förrän 2017 när själva exekutionen via auktionering lystmätet
skall förkunnas. Syftet kan anas. Du arbetar på, vidare för barnen,
börjar betala ordentligt, i reda pengar som det heter, innan beslut
om konkurs. Alltså. Helheten är inriktad på att du skulle bli
avklädd, ignobelt, naken, hjälplös, hopplös.
Vad som inte nått fram till beslutande, än mindre klargjort genom
deras förblindade förakt emot dig, är att du redan 2008 valde att gå

avklädd, med ditt arbete förankrat på en gång. Barnens tillvaro gav mer energi än det kostade att upprätthålla energin däremellan ni sågs. Fördömanden, fördummanden och förståsigpåarna har med sin känsla av att bli lurade fortsatt låtsats plocka av dig, utan att inse att deras eget självbedrägeri, möjligen självförakt, är största bidraget. Korruption vs. Kontemplation

Med insikterna, under de där tolvtimmars bilresorna som ger gott om tid att tänka, by the way (btw), fortsatte du framåt, kunde inse och arbeta för nästa steg. Ibland är det att ta ett steg tillbaka, återkoppla vid vissa hinder på vägen. Så väl här, idag, sitter du och kan summera ihop tillvaron. Du har kvar kärlek, med en pånytt-vunnen och en ny erfarenhet som tillhör vad du en gång sökte. Förlåt, jag visste inte bättre. Naturligtvis kunde du ha gjort på annat sätt, men har valt och får givetvis ta din del av ansvaret. Övriga får ta sin. Så, enskild näringsverksamhet är alltid enskild, privat, och du är ansvarig i alla fall, i ditt. Du befrias när du erkänner, tar ansvar för ditt, på riktigt.

De hade förbisett musikalitet som bygger på mer än notbladens utseende, har fler variationer än de kan förutse och ger intressanta tonartsbyten rätt vad det är, för den hängivne.

Du är flexibel, så klart och tydligt. Allt du varit med om hittills är en del av din story, och somliga processer är under utveckling. Sökare, tvivlare eller färdiga. I den ordningen ser vi förutsättningar för oss människor. Barnen är sökande av nyfiken upptäcktslust, du med. Barnen tvivlar ibland, när de lär sig att tvivla. Barnen är aldrig färdiga, och som vuxen bör du fortsätta på samma vis. När du är färdig har du slutat. Vad vill du med resten av din tillvaro, stagnera eller utvecklas? Är det för din skull, eller barnen? Motströms, som laxen som leker, hoppar uppför ån? Narrativ, eller narr?

Du är kompatibel i visst mått, för att maximalt kunna adaptera, och din personlighet utkristalliserar sig mer och mer. Du kan låta dig hålla tillbaka, påverkad av omgivningen, eller erkänna, bekräfta. Inlyssnandet, sammanhanget har namnkunniga kliniker författat mer om, som Clarence Crafoords titel: ”Människan är en berättelse” om kommunikation, individuella variationer och helheten, språket.

Det finns fler, nationellt, internationellt. Du söker, ser dig omkring, vi lär oss. Du som läst mer känner säkert till Jacques Lacan, som reflekterade Freud. Lacan hade ideer om reala, imaginära och symboliska stadier hos individen, barnet. Det är vidareutvecklat i upplysande essäer genom psykiater Pierre Lembeye, som rådgjorde med Lacan. Publikationer om våra beroenden för att hantera livet, i "L'Homme descend du Songe" redogör Lembeye för drömmarnas väsen, med vidare tolkningar än psykoanalysen kan bidra med etc.

Så lär vi oss, lyssnar mer där vi får chansen att verka och vara nära, och värna om de vi har närmast. Förståsigpåarna kan förstås också ha läst en del, vem vet?

Repetition, musicerande.
Upprepning, är grunden för mycket vid inlärning.

Trädet leder sina rötter djupare för sin näring. Ån ringlar sig harmoniskt, uppströms. Laxen leker motströms. En kanotist får annat perspektiv, båda sidorna i annat ljus från samma position. Ser du?

De som vet bättre än Du kan Du nog inte lära så mycket, förmodat, kanske Du känner, eftersom de redan anser sig veta bättre. De tycks sakna flyt, de där som glömt att koppla på charmen. En fiskare med sina egenhändigt knutna flugor använder krok utan hulling, släpper tillbaka laxarna. Det är mer sport, för goda livet. Kanotisten flyter medströms, njuter, paddelvan under trädkronornas svepande portaler med de friska rötterna, uppfylld av harmonin på ån, dofterna, lyckligt distanserad från de hostiliserande, splittrande, myndighetshaverierna som kategoriskt illegitimt kringgår, bryter mot FN.s barnkonvention, artikel 9 "Barn ska inte skiljas från sina föräldrar, utom när det är nödvändigt för barnets bästa", samt artiklarna 4,5 & 10 särskilt. Närhet. Respekt. Klargjort.
Vad som är nödvändigt flyter med kanotisten, från sitt perspektiv, iakttagandet, en berättelse.

"Hela livet är pinsamt", som hon sade, tonåringen, med sin givna humor. Så mycket bättre, när du inser värdet.

Den vitale, åtminstone i god fysik välbevarade mannen lät skägget växa. Tänderna lossnade när tandvården och tillvaron i stort blivit för kostsam. Den snabba förändringen i lagerkapacitet, episodiska minnet kopplade ur rätt vad det var, länkat till personligheten som är densamme ännu idag, skapade oro hos andra mer än hos honom själv. Det är troligen patognomont, sjukdomsspecifikt, vid demens och liknande tillstånd. Med total klarhet över det torftigt inredda rummet på servicehusboendet väcktes varseblivningen i honom.

Utan att påverkas nämnvärt reagerade han sunt, var klokt kritisk till hur vi tar hand om våra äldre. Ålder är ingen sjukdom, även om det kan anses bekvämast för omvärlden att stuva ihop alla som påstås ha någon brist på ett och samma ställe. Ett serviceboende är förstås nödvändigt för många. Ändå tycks det vara så att de som är ensamma, säger sig lida av sin ensamhet får vänta längre trots att de ber om sammanhang, sällskap med omsorg. De som vill klara sig själva för eget välbefinnande omhändertas, flyttas först med risk för försämring. Den här mannen, vars tidigare två nackkotfrakturer orsakat en hel del cirkulations-problem, med läktid flera månader i sträck, i en säng med immobiliserande traktion på huvudet för att säkra helandet, har ambitioner att klara sig själv. I en plan säng, med huvudet låst får människan gott om tid att tänka, eller kan välja att dissociera, fly bort. Utan bitterhet, utan agiterande utfall finner han sig i att vara förfyttad. Utan att för den skull acceptera sin situation har han "gillat läget". Det tyder på någon sorts klarhet, adaptationen. Med samma välbevarade ordning som förut, struktur i skåp, tavlor på väggar, välstämda gitarrer, övriga tillgångar som nu sållats ut betydligt, får han fortsätta sitt liv i ny regi.

Minnesluckorna är han medveten om, vilket ger betryggande insikt. Orsak är okänd. B12-vitaminer är nödvändiga för våra vita nervbanor. De små grå cellkärnorna tynar bort. Cirkulationen påverkas av äldre nackskador med inverkan på vårt minnescentrum, näringsupptagen försämras. Det är en tid vi alla har med oss, hur vi bygger för framtid. Skynda långsamt.

Botemedel är inspiration, livslust och förtröstan. Det ger honom tillvaron, en mening. Det finns en uppgift. De barn han har står honom nära, närmast, ger mening. De ser honom. Allt arbete skall samordnas, för den goda saken. Med löftet från honom att få nedteckna några tankar, antroposofiskt som den människovän han är idag, följer därför berättelsen. Vi har våra minnen, behöver intrycken, tillskotten, vårt högre medvetande. Det vakna ögat, själen, ger information. Mätvärden ger något annat, för ytan. Vårt inre är kvar, cirkulerar. Du andas.Vem är denne man?

Som trubadur, på gator & torg, ser han förbipasserande, betraktar. De hör, om de lyssnar. De ser, om de tittar. Trubaduren på gator & torg, gitarristen, i en annan stad än den positivspelande mannen, med apa på axeln, har olika skepnader. Intresset för näringslära, cellbiologi och biokemi syns inte först. Kunskaperna kommer inte till sin rätt på servicehusboendet.

Meningarna är, som alltid förr, långa och omskrivande, grundligt betraktande, vilket i den miljön institutionaliseras nonchalant: "Såja, det ordnar sig", när han påpekade redigt uppfattat att toilettutrymmet, som har två stora skjutdörrar, är kalt, utan badkar, duschkabin, inte särskilt ombonat, ger intrycket av ett boskapsbås för kreatur med andra av människor påtvingade behov. Det byggdes så, en gång, för ett ändamål. Mannen, som går raska dagliga promenader 20 minuter behöver det för att inte stagnera. Därför är det så värdefullt för honom med kontakten, tuvorna på myren, återseenden med nyskapandet och närheten till just hans barn, för hans framtid.

Varje individ, med sina mål, har sin egen värld. Våra världar är så olika, har ett samband, som kan vårdas. Den helhet du bär inom, blir välgörande för dig genom ditt arbete för det. Hjärtat ansträngs, ibland. När hjärtat återhämtar sig efter en pärs, kallas det för hibernerande hjärta, det går i ide liksom. Kärlekens inre kompass, du känner efter, går hand i hand med perceptionens inkännande flöden. Kärnan fyller på, live, kan inte ta in alla kanaler ytlig information. Näringen serveras regelbundet.
Vad betyder det?

Cykelturen till Sibirien ger inspiration. Förståsigpåarnas påtvingande pseudo(falsk-)vetenskapliga uttalanden grundat på deras kvasi (sken-)experiment är irriterande, exaggererade. Dessutom visar massmedia, tv på bästa, mesta sändningstid. För vems skull ?

Kärnan är ditt innersta.
En förunderlig musikant, trubadur, komponerade: "Kärnan ska va i skalet, bad e' galet, utan tvål" Det är allmänt känt, hur han skapade, underhöll. Underhållningsbidragen verkar längre än pengar, längre än underhållsbidragen. Kärnan, den är väl värd det, arbetet. "Transpirationen viktig é för bouquet", skaldade en annan visdiktare. Povel Ramel är värd att omnämnas, för hans texter skulle vara politiskt obundna, fria från religiös anspelning, så neutrala de fick bli. Det är tufft i vårt beroendeframkallande, påverkbara samhälle, mitt i livet. Mycket av texterna är "ord-påhitt" utan innehåll. Motivet får förklaras på annat sätt än här. Underbart är kort, på så många vis. Tillfället gör tjuven, heter det. Du kan välja att ge efter eller arbeta för ditt bästa. Det är nog värt insatsen, något försök.

Rummet är spartanskt inrett. Mot en vägg står en säng välbäddad. Det är kalt, rörelsen av mannens spänstiga steg i en harmonisk balans rimmar illa mot minnesluckor som om möjligt permanentat sig, snön har nyss fallit till ett tunt täckande flor på marken, taken, cykelställen, över cyklarna. Telefonen ligger på köksbordet vid den motsatta väggen, i rummet, utan koppling till nätverket. Talande blick, ordlös kommunikation. Det fattas ledning.

Plötsliga minnesluckor, ett dygn, drabbar vem som helst efter nackskador särskilt. Närheten ger näring, stimulerar liv, energiskt på många vis. Det gör gott. Repetition.

Minnet från den gången ordningsmakten kom för att förpassa honom från gågatan i en större stad bekräftas av tidningsreportaget av journalisten som ville göra klart sitt scoop, sin story om någon annan. Med några väl valda ord fick ordningsmakten använda sitt tålamod. Patience.

Eller, som den gången mannens barn av allergisk reaktion orsakas astmatiska symptom får omständigheterna betydelse. Situationen kan frammana stress, ångest med sämre status.

Läget är allt annat än bra då.

Det och mycket mer ryms i samma tillvaro, för honom.

Alla berättelser, olika i innehåll, bilder, dofter, uttryck och intryck. Familjen har en outgrundlig betydelse för sammanhanget. Du är, någon, givetvis. Utan stimulans har minnet en tendens att fortsätta i samma pendelrörelse, fram och tillbaka, med stadigt avtagande rörelse. Det gäller att hålla igång de sanna energierna. Så når du fram till din sanning, vad du söker. Återseendet, dina barn, är bekräftelser, livgivande. Du tar med dig på vägen vad som kommer att ha betydelse, för din skull. Motströms.

Mannen frågar dig upprepat om du kommer förbi. Frågan om du har bråttom är reaktion på dennes ensamhet på stället, i livet. Tiden är relativ. Det finns förankring. Några står honom närmare, vet du. De träffar du också, samtidigt, nyligen. Ge hopp, återkoppla, anknyt på rätt sätt. Du ger vad du kan, naturligt, ditt innersta rum, kärnan är till de du har allra närmast som har nyckeln. De var inte där just då, ändå bär du dem med dig, inom. Ytskikten bär namn, platser, yrvakna, som solens fläckar ebbar de ut i rymden, cybernetik via reflexer, proprioception av perception.

Det minns livet, åt dig, återupplivar allt som har betydelse, för dig framåt. Det andra glöms bort, med andra ord; De anhöriga till mannen begriper, känner sitt ansvar, är nära honom som alltid i sitt liv finns just då för dem. Nuet upprepas ständigt, förleder och förvirrar. Det anpassar sig till allt annat utom inom.

Efter de uttalade nackskadorna reser mannen numer bara med tåg. Ibland går livet som på räls, säger han inte, direkt. Han ångar på. Förr var det ånglok. Nu är det elektricitet som leder i rälsen. Tåget kan stanna, vid oförutsedda händelser. Signalfel! Det är ledningsbrott. Översvämningar, vind påverkas som av ett vingslag, rubbat. Vind, eller en älg. Tåget stannar vid stationerna som det ska. Det går som tåget, om och när signalerna fungerar. Säkert är det, på rälsen, för det mesta, utom vid den där olyckan när en stor grävartraktor parkerat på spåret mellan ett par medelstora städer.

Året var 2010.

Krocken kavlade upp sidan på det forsande flaggskeppet, med dramatiska, onödiga, konsekvenser. Det blir som det ska, säger någon. Hur då? En omkommen resenär var trygg i tåget, säkert, innan olyckan av det oväntade. Därför är det värt att stanna upp, begripa att njuta av livets goda, se din uppgift och vårda vad som betyder något, allramest. Minnet. Perception.

Signalfel antyder nog, en bromsande uppgift. Du stannar upp. Skydd ?

De långa bilresorna till en arbetsplats i mellansverige var träning inför senare år, senare relationer, med samma arbete, samma inställning och samma livslust. Smäktande efter det liv som fortfarande hägrade längre fram i tiden. Att du får slut på drivmedel 6 timmars bilresa bort, och får göra hela dagsverket på halva dagen är en intressant erfarenhet, hur vi kan hantera, eller hanteras om vi inte protesterar. Med erfarenheten vet du dina begränsningar, mer än du visar, och klarar mer än du behöver. Riskmomenten eliminerar du på ditt sätt, om du identifierar dem, annars blir det penibelt. Du blir pinsam ! Det är värre att lyckas göra någon annan till åtlöje. Att du ringer för att meddela försening, "force majeure" gör inte saken bättre. Du ser hellre att uppgifterna kan hjälpa. Dessutom kan ett litet avsteg från principer öppna möjligheter i en annars så rigid sjukvårds-organisation. I glesbygden anpassar vi oss efter realiteten, läget, mer än beslutsfattarna, som de kallas, förkunnat. Dokumentation får givetvis följa läget, anpassat och bör tolkas därefter mer än efter beslutsfattarna tror sig veta, vad de hört.De faller på sitt grepp, brottas med livet. Bråttom? Nä!

Så ser det ut, trygghetsnarkomanerna är de ofta strävsamma på jobbet men de klarar sällan av det oväntade. Nya händelser, akuta, subakuta, en del av arbetsuppgifterna inom sjukvården går att lösa, med god vilja, öppenhet. Lyft blicken, se vad som händer. Eller, är det bekvämlighet, gungstolen, din plats i tågvagnen på rälsen, du hellre söker? Där kan du bli kvar ett tag, betraktande. I rörelsen, på andra spåret, får du allt på en gång när du med handkraft vevar dressinen framåt. Du laddar, ackumulerar, betraktar fortsättning,

Rubato.
Skynda långsamt.
Det ger livet mer innehåll. Du minns mer...

Det äldre paret, som senare frös fast i sin bil långt ute i glesbygden, tackade lika vördsamt varje gång efter sina besök vid läkarmottagningen. De erbjöds, rekommenderades nästan varje gång remiss till storstadens lasarett för att få mer vård, tillgängliggjord då för tiden. För det mesta reste de hem, gillade läget, tog sin hälsa med sig, lite finjusterat för tillfället med effekt några veckor till.

De hade vad de behövde, ansåg de, och skulle välja själva när de fått all status bekräftad, och verkligen intygat att de emottagit densamma. Den sedan länge pensionerade älgjägaren känner sig ändå bekväm nära sitt hem, blir vid sin läst, minns alla älgpassen, patience. Stämningsfull tystnad, ljuset bland trädkronor sipprar igenom, kaffet doftar så där eteriskt, lite mer. Bär, tuvor. När det klickar i loppet har alltid människan kvar sin fria vilja, om den respekteras. Med siktet inställt, framåt, livet på kornet sänker bössan, betraktande. Ännu en stund får andas, Det är dags att vandra hemåt. Traditioner, arv och miljö, innehåller allt sådant som ger kunskap. Fenomenologiskt.

Där bredvid tågrälsen en bit längre bort, omsluter naturen stämningsfullt. Det blir vänligare, rent i själen.
En stämningsansökan som det heter vid tvistemål bör i ett annat sammanhang förebygga falskspel. Men, det har vi lärt oss förut, att musikörat hos medverkande är så skiftande, personligt inexakt. Under särskild ledning förmedlas fokuserad inlärning, repetition, återkoppling. Det är flexibelt, musicerandet, ad. libitum (efter behag, jmfr psykodynamikens libido, livgivande välbehag).

Vi har att lära oss av barnets inlyssnande där hjärnvindlingarna adapterar i takt med musiken. Naturen är mer kvistig än tvistig.
Lugn i stormen.
Vetenskapligt tvistande, naturligt lärande. Det är visat, att klassisk musik skärper inlärningen.

Det lilla barnet mognar enligt Lacan i tre stadier:
Reala stadiet, naket koltlöst, kaotisk upptäckt nödställd behövande.
Uttryckt i affekt. Upptäcktsresan börjar.

Spegelstadiet, det imaginära, bilder, assimilering, anknytning och
individualisering mognar i takt med att fysiologiska egenskaper gör
det möjligt. Naturens underverk, skapelsens egen teknologi.

Symbolstadiet formar identiteten som börjar klarna litegrann. Det
fortsätter resten av din strapats, stundom på räls, stundom på
myren. Alla dina sinnen utvecklar förmågan hos dig att värdera.

Du relaterar allt, beroende av omständigheter.
Att du i en öppen gest bjuder in till middag när du fyller jämnt, låt
oss säga ett traditionellt datum att fira för de flesta. Med beskedet
att dina barn förhindras att komma, som i en krampaktig ambition
för motparten att inte vilja förstå, anspela på något annat, utan att
skuldbelägga kunde det i alla fall få svida litet hos dig.

Tiden är relativ. Ingen begriper någonting när tankar kontrollerar
handlingar. Alltså, var och en får stå för sin del, sitt ansvar, sin
eventuella skuld, visst. Vem avgör ? Barnen däremot är definitivt
oskyldiga i sak. Låt dem förbli det.

Du har valmöjligheterna, i det stora hela. Den middagen kan du få
närsomhelst, även senare förstås. Samhället hittar på, genom alla
oss, en massa normer som saknar rim och reson, sans och balans.
Naturen anpassar sig, i växtkraft.
Barnen får växtvärk. Maskrosor växer ändå.
Träd får symbolisera tillväxt. Vi läser årsringarna, fullbordande
varje händelseförlopp, alla gånger dina delmål uppnåtts. Snabbväxt
ger vida ringar, långsam växt, näringsbrist ger korta varv. Kärnan
är ditt innersta. Barken skiftar, putsas, filas av spillkråkan som
söker näring, vindpinas. Eventuell ringbarkning förskjuter behovet
till myren. Du doppar rötterna litet djupare. Du söker lösning, svar.

Med IR-lampan påslagen i mörkret, den endogena radarn, finner
du energikällan, fyller på, roten överlever. Du fortsätter arbeta.

Barnen sträcker ut sina händer. Idegranen tar sig alltid bara du ser till att lämna barr i grenen på den yttersta kvisten. Idegranen är dessutom formbar, formar sig efter sin utvalda trädgårdsmästares hantering, rejält beskuren eller originellt. Det tar sig, med starka rötter. Ytan förskräcker tydligen några. Patience. Det tar sig, det har rötter, säger du avdramatiserande. Det är ansat med friska tag, grenar bär fortfarande barr på sin kvist.

Allt materiellt klarar du dig utan. Dina vingar bär, skapar nog orkan på andra sidan. Du får luft, lyfter och andas på samma gång. Sinnebilder frigör. Se skildringen "Jonathan Livingston Seagull" av Richard Bach, skriven 1970. Den är både läs- och tänkvärd.

När det förväntas att du ska reagera på något sätt kan det hända att du genom en "sniff" förstår att se mer, bortom begränsningar. Pro Sit. De kan inte veta vad du har för egentligt innehåll. Dina barn känner det, för ni har samma arv, samma IR-kamera, vilken ibland förvränger bilden ovarsamt tolkad.

Du trakterar, komponerar, dirigerad av någon energi utom, själen inom. Så är livet, tonalt, ett tema med variationer. Stämningsfullt värmer det upp, tinar. Nästa gång, nästan helt improviserande

Du lyssnar.
Tystnad.
Visshet. Munspel. Minspel.
Klavertramp. Fotarbete. Reverse. Rehearse.
Eget ansvar, och så vidare.
Tårtan på barnkalaset hade bottnar, flera stycken.
Vilken var vackrast, i form och färg?
Ögonen avslöjade, ändå inte allt.
Barnen skrattar, någon gråter, du frågar. Orden beskriver, syfte?
Gäsp !
Barn är lojala, litar på dig, ett värn. Respekt. De värnar om dig.
Efter kalaset är påsen tom, tandborsten står i den där muggen tillverkad i finaste keramik, men örat hade lossnat, hopplöst hålla.
Du minns, behåller. Fingrar, ring i pant, lås och bom, ett tag. Ledig.
Skor oknutna. Fötter, tår. Frigörande. Andas.

Interludium; passus

I ett sammanhang, en minneshögtid där familjen ville ge sin mor en värdig avslutning förklarade den presumtiva officianten i avsedd hemförsamling att det inte passade särskilt bra, kanske för att det skulle vara för nära inpå dennes begränsande beslut om vem eller vad som fick framföras musikaliskt i avsedd miljö. Istället, med ordningsmaktens hjälp, sker minneshögtiden som planerat enligt det enda önskemålet från familjen snarast hos grannförsamlingen. Presumtiva officianten, ej namngiven ovan, ansåg det besvärande att tvingas krypa till korset, som det så vackert heter, när denna nyss avfärdat musicerandet på det viset, och grundlöst förbisett sitt kall på grund av personliga tillkortakommanden, förståsigpå-ande. Nog insåg ordningsmakten det överambitiösa i att försöka avfärda familjen med sin valde musikant från stället, och bidrog aktivt till att underlätta, vilket resulterade i att familjens minneshögtid kunde äga rum i hemtrakten, akustiskt, fast jurisdiktionen inte kunde låna ut en gitarr till dig under din temporära 12-timmarsvistelse i tryggt förvar, och ställde upp på kärlekens väg istället (Esto mihi). Ordningen återställdes, makten utsåg lösningen, musiken tog plats enligt seder och bruk, familjen fick ge sitt värdiga avsked med en annan ickedömande officiant i samma område. Lagmannen som såg din hand utan vigselring var nog lättad över att en sådan liten detalj kunde samförstås, även om omständigheterna i övrigt självklart talade för samma beslut vid närmare granskning i efterhand. Klangfärgen är sonor, godhjärtad. Och så vidare.

Det är okonventionellt att ta sitt ansvar, erkänna, begära prövning när det vore mer naturligt att fly. Att stå för somt friar stort, insåg du, men inte alla andra medaktörer, redaktörer.
Makt?
Ordning!
Dina barn behöver dig, senare ändå, kände du, visar det sig snart.
Du längtar, på riktigt.

Porträtt.
Motivation.
Antaganden.
Drömmar.

Tålamod - tempo

"Oj, vad många, vi kommer inte förbi..."
Precis de orden återgivna från en tvååring som hemma hos sig inte
var förberedd på den klassiska körhelg föräldern bjudit hem till.
Med tjugotalet musikaliska, uttrycksfullt viabla sångröster fylldes
rymden i byggets alla rum, av positiva utåtriktade energier, med
människor som hade sina stories, sina saker att fundera över, ännu
fler än barnen med sina föräldrar redan införlivat där. Snöfallet ute
gav ytterligare inspiration, exspiration. Bilarna behövde skottas
fram. Nytta och nöje på samma gång. Humor och glädje,
spontanitet, minne för livet. Hela helgen kan återupplevas, tack
vare snön. Tillbakablick år 2009.

Tvååringens förnimmelse måste förstås på rätt sätt. Orden sägs
visst, tolkas. Akustiken emellan rummen andas. Du andas. Omsorg.
Du håller en tvååring, ditt barn, i famnen och får vara med om ett
ögonblick som är tidlöst, evigt. Det finns en mening. Ett minne som
ger gott, känns gott, och som du värnar. Närvaron, autentisk. Inget
behov av bortförklaring, osanning eller påhittade versioner.
Ringarna på vattnet blir många fler, efter den där stunden som du
bidragit till, aktivt, möjligen ledsagad av något inom. Du ville,
skapade och fick tillfället. Tillfället gör tjuven. Underbart är kort,
som trubaduren sjöng. De som försökte hävda dig socialt utarmad,
isolerad och känslokall bör inse att höra verkligheten, sin egen. Det
går inte att prata sig till sanningen, egentligt, Det påverkar, ytligt,
skeendet som stör bilden. Sanningen når fram till slut, befriande.
Kärleken är där, mittibland.

Tvååringen lärde dig något, gav orden tillbaka. I efterhand får du
känna att du betyder något för livet du beskyddande höll i famnen,
precis som det stora omfamnat dig, överlevande. Den vita damen,
Mont Blanc, du minns, omfamnar staden i kvällen, där fotbollsVM
och efterfest präglar fortsättningen.

I sfären fångar du intryck, momentant.
Vid husväggen sitter någon tryggt tillbakalutad, dämpad.

Musiken, körens reaktioner följer med dem. De som inte skottat så mycket snö, gjort snöänglar liggande på rygg i nysnön för första gången på riktigt, fick ett minne. Det är tidlöst. Tillvaron ger tillfällen som tillsammans knyter ett band om helheten. Ett skosnöre, blott och bart, mer eller mindre, kan ersättas. Du lär barnen att tandborsten är god vän för framtiden, för hälsan. Tandrötternas bakterier sprider sig lätt, ger kroniska inflammationer som kan slå rot i hjärtörat. Hjärtat håller igång, av kärleken i generatorn. Inspirationen är startmotor, längtan ditt drivmedel, dess energi. En kyss. Du andas. Doftar. Feromonerna kan skölja över, om du har tur. En kyss till.

Harmonier. Disparata tempi. Tempo.
Rubato, lagom takt.
Från allegro till allegretto, livligt och livfullt lätt.
Från prestissimo till andante, från kvickt till långsamt gående,
Feromoner. Du fortsätter vidare, luktsinnet leder vägen, en del

Förståsigpåarna är tilltäppta, nästan alla av dem, med texterna de nu skall omsätta visavi ledande frågor, redan där missvisande avvikelser genom tillrättaläggande av svaren för att dokumentationen, deras version, skulle hålla ihop. Nästäppa tar bort luktsinnet. Lyteskomedierna ger fadd smak efter hand, föraktande torra fakta förvrängda till något snett leende. Den som uttalar mest, gör sig mest teatral har störst framgång. Små detaljer har betydelse. Ambitionen att få dig häktad föll på en enkel detalj. Vigselringen, som störde ett antal personer, användes som för att nagla fast dig ordentligt, i ett outplånligt bevis i dokument. Med bevarat luktsinne, och viss eftertanke, kunde du befria dig från densamma, lade den i fickan efter att du fått advokatens svar på din fråga om det hade betydelse. Advokaten, som under ytan både ville vinna sitt mål, inte ditt, och som inte riktigt lyckats dölja ironins skadeglädje, ett uns, i att du skulle förväntas bestraffning, uttryckte att den kunde du ha på dig, på fingret, vigselringen. Det syntes så för advokaten, då, men inte för lagmannen som friade dig, när du lade dina händer, med oklätt ringfinger, på bordet. En ring får betydelse endast för tolkningar. Tradition. Arv. Miljö. Realism. Gökuret väcker varje hel- och halvtimme, en polett. Rent i loppet.

Allt som många bär med sig, fjättrar, befriar och nyskapar på samma gång. Historia. All hets kring en person, med syfte att äga, ta, skapar ytor. Det är marknadsföring. Du är ett varumärke i din enkla tillvaro. Idag säljs allt på sociala medier, med snabb tillgång direkt i skjortfickan, hemma eller på annat sätt. Fri konkurrens ger möjligheter för alla att förvalta sina förmågor. En kock har receptet. Restaurangen äger intäkterna. Restaurangen har allt inkråm. Läget för lunchrestaurang optimerat nära, fast bussarna gjorde sig alltför påminda dagligen. Med det sanna ursprunget finns äkthet, trovärdighet följer. Endast arbetet, med råvarorna, avgör resultaten sedan. Marknaden når du med en etablerad verksamhet, ett öppet flöde, stamkunder. Det goda ryktet sprider sig, ändå krävs det närhet, möjlighet till anpassning för kunderna att finna vägen. Inte ens sänkta priser lockar mer.

Det kan ge fel sorts ideer om successen. Rabatter har sin gräns. Intäkter krävs för omsättning, fortsättning, även för dig. Vad omsätter du mest? Barnen är i behov av närhet, kontakt, och det har motparten försökt eliminera för sin egen skull. Du blir inte mindre närvarande för den skull. Det blir kontraproduktivt. Enklare är det för de parter som skiljs åt, men behåller en distinkt klar gemenskap i viktiga frågor som berör deras barn. Att bråka om pengar är andefattigt och fantasilöst, trots att det är mänskligt i det samhälle vi har skapat i vår värld. Djungelns lag, survival of the fittest. Hur stort ansvar tänker du ta på dig egentligen? Verkligheten bjuder på möjligheter, fler människor, fler uppträden i större sammanhang. I varje litet ögonblick föds möjligheter.
Hopp.
Tuvor.

Signalfel.
Tåget stannar upp, du får sitta kvar en stund, tänka lite till.
Balansera.
I pausen där får du vad du behöver, för fortsättningen.

"Oj, vad många, vi kommer inte förbi", sa tvååringen.
Du stannar upp. Signalerna fungerar, leder.
Gökur.

Kärleken, den livgivande, ger mer, leder in i din inre trädgård,
bevattnar. Smältvatten återanvänds, ger näring.
Solen ger molnens skuggor takt, improviserande rörelser.
Du lyssnar. Doften. Drömmande... åkerbäret ser du framför dig.

Varför sade hon så, tonåringen?
Pinsamt, att inte begripa, helt enkelt.

Med en rapp analys, motiverad att attackera och klara av tuffa
motgångar, når du fram, assimilerar tonåringens coola attityd.

Humor grundar sig med allvaret, du vet, till och med obsolet.
Allt som kan ha betydelse ger ett värde, en mening, några ord här
och där. Allt annat är förstås inte med, alls,
för det får ingen plats i helheten.

Den största hemligheten, oändlig.
Den största hemligheten, inom.
Så mycket bättre.

I ett annat sammanhang, mellanrummen, sjunger någon till dig;
"Du songe"; Strong waves:

"Life is a part of all todays.
 Life is hope in many ways
 Mind Yourself inspired by heart,
 feeling waves of love to start.
 Listening through all eternal parts.
 Listening, too.
 Your chosen moments last.
 Live your dreams by nature, know they may come true
 Love your possible future, embrace it, every blue.
 Life is a part of all todays.
 Life is hope in many ways
 Life a gift by us to see.
 Life, our truth, our love to be."

(copyright 2019)

24

Termistor – talanger

Teknik. Hi-fi ljuder, spelar in musiken, avbildar, porträtterar.
Vetenskap. Bias. Meridianer i hårbotten, A-SMR. Taktilt.
Det låter skumt, men känns rätt så skönt.
Cybernetiken leder utvecklingen, alltid. Det är definierat.
Någon styr. Något stör. Vulkanutbrott, rökridå, lava, flygstrejk.

Du är realkapitalet, ingen chimär, med barnen samt deras övriga
anhöriga om det vill sig väl. Global uppvärmning, smältande
polarisar, får konsekvenser. Isbergen är voluminösa, enorma, med
mycket kvar när toppen smälter. Din inre rikedom ger återbäring,
vilar tryggt kvar för senare ändamål, även när du oundvikligt ömsat
svidande skinn, för tillfället litet befläckad, vidbränd av
omständigheter. Alla orden, omskrivningar skapar atmosfär i dina
drömmar, verklighetsflykt, befarade mardrömmar oroar måttligt.
Uppvaknande. Skottlossning, islossning, urladdningar fångas via
åskledare, ackumuleras. Isolerade laddningar sparas för bättre
nytta. Du behöver energin när det hettar till, vid sidan om
telefonluren. Du behöver köra 12 timmar för arbetet.
Hibernerande hjärta.

Tekniken, i musicerandet, gör det lätt, njutbart.
Vetenskapen, förvecklingar trots framsteg, just så som den
utforskande tvååringen i modest nyfikenhet konstaterade
över körens samklang, harmoni.
Allt hänger ihop, ger avtryck.
Du har medlen, tandborstar och skosnören, tv-apparater, app.ar,
fiskespö, tafs med hullingförsedd krok. Det fastnar, lossnar, isen.
Signalfel. Du drömmer.

Bilden fångas upp genom termistorer, IR-kameran, den endogena
radarn, avbildar. Kroppsvärmen alstrar vågor barnet känner.
Kyla eller värme sensationellt avbildade, med ny teknik i varianser
via MRT/MRI (magnet resonans tomografi /imaging) respektive
PET-kamera (positron emissions tomografi, def. positivt laddad
liten partikel utstrålar energi i sönderfallet från isotoper, instabila

grundämnen, för skiktade bilder) virvlar fram. Strömmar av drömmar avbildas. Teknikens under avbildar naturens rikedom, dig inom. Det skimrar i ljuset från naturen. Det rör på sig.

Hur långt ska vi, tänker du?
Åldringen, vars sambo som var i fokus för hembesöket, såg ut att ha ont. I ryggen var det. Med sin fasta blick sade åldringen att det fanns en förklaring, utan behov att veta något mer. Informationen, fast det var sambon som var i fokus, att det visst fanns behandling nu för tiden, åtminstone mot smärtorna, togs emot väl, bekräftades. Vid besöket på läkarmottagningen följande dag togs det inga prover, för åldringen ansåg inte det särskilt nödvändigt. Kollegan, den äldre vise ledaren samtyckte. Halvåret senare vid återbesöket, subakut, möttes ni igen. Orsak, densamma. Nu fanns behov av smärtlindring. Väl inlagd på avdelningen tackade åldringen för sig, nöjd, tillfreds, levde upp litet till, ett tag till. Teknik, behandlingar, reservmaterial. Det mesta är möjligt inom, utom.
Åldringen, nära 75 år var tacksam på alla sätt.
Paralysen i hans ben kompenserades med ett rullande attribut.
Lyckan skimrande omkring i ett ljuvt dis, auran. Det var 1995.
Rikedom, inom. Tacksamhet ! Humanism.

Nu, nära 25 år senare, är det besvarat efter en helt enkel ovetenskaplig undersökning, med frågan :
"Vad är viktigast för att må bra ? Du får säga en sak" Med den frågeställningen till förbipasserande stannar de flesta upp, tänker till utan att någon någonsin presenterat det pekuniära. Idag, nyss innan skrivande stund, blev svaret från en person: "Kärlek".
Således är denna gallup. inte så vetenskapligt genomförda en-fråge-enkäten klar (n=25 anses representativt svarsmaterial i en kvantitativ studie).

Vi lär oss mer, adapterar, applicerar, funderar vidare;
Eleverna kan få sina privata anledningar till sitt självvalda, fortsatta lärande, arrangerat genom föräldrar, vårdnadshavarna. Temat med variationer i takt & ton, konsekvenstänk, är följsamt på det sätt var och en har förmåga att omsätta. Inlärning genom gott ledarskap, vänligt, tydligt, i alla fall efterfrågar de så, undantagslöst, eleverna.

Bra lärare, nindre bra lärare, förebilderna definieras av bemötande och engagament, hörs det. Alla anpassningar är individuella. Hälsa. Folkvett från då omformas i eterns spridande av populärvetenskap, efter anpassning till det moderna samhället med etiketter. Terminologier i diagnoser, bokstavskombinationer. Genom TV mot DSM V, ICD-11, senaste nytt, i seriösa försök att avbilda vardagsrealism, eller kalla det Vauduville.

Sättet att lära påverkar hälsan, inverkar läkande för de sårade självkänslor som påverkar våra beteenden. Som den pedagog du är, med dina förutsättningar, inleder du varje lektion, varje möte, med att hälsa. Det anger tonen. Dirigerande är eleven som med möjligheten att leda vägleds av dig. Syftet med god undervisning finns det många omskrivna teorier om. De framgångsbärande metoderna har anammats, Montessori, Waldorf, Rudolf Steiner i senare tider efter dåtidens utvecklingspyskologi, pedagogiken från Platon, redan de gamla grekerna, via nederländaren Erasmus, franske Rousseau och så vidare. Då var anpassningsstörningar, som idag har fått diagnosnummer i ICD-11 respektive sina närmare förklaringar i DSM V, en del av helheten.

Om det känns bakvänt, att eleven dirigerar, behöver du väcka musikörat mer. Stämning. Det är möjligt om du faktiskt musicerar. Musiken talar, tystnader ger eko/echo, kallat efterklang. Det är djupet i musikens bouquet, andrummet, pausen, tanken. Eleven observerar, som barnet, absorberar eller motarbetar. Kontrapunkt. Melodi, utan motstycke, ger viss rymd. Suzuki-metoden andas.

Hur gör djuren, låter det?
Babianer.
Robert Sapolskys forskning, vetenskapligt presenterat år 2018, klargör att vänliga, hjälpsamma babianer i flockarna jämnade ut diskrepanserna i nivåerna av stresshormoner. Vi människor luktar oss till det, en bråkdel av hur djuren gör det. Människan skulle förmodligen gå under om vi lärde oss att för snabbt dofta oss fram till sentenser, osanningar, falskspel med gutturala beteenden. Tacknämligt har vi ärvt ned hämningar även i bulbus olfactorius (av latinets "I sniff") för att sniffa oss fram lite bara.

Vi ser att babianerna har stora tänder, även rosa. Alfa-individen förlorar sitt karismatiska inflytande som envåldshärskare i en salutogent hänsynstagande grupp. En god ledare åtnjuter förtroendet ändå, genom att visa sin sociala färdighet solidariskt. Verkligheten är både välgörande som grym, ibland. Det märks särskilt inom världspolitiken idag när allt offentliggörs, allt som förut låg och tryckte. En ledare kan förlora greppet en stund. Miljön, flocken, tillhörigheten avgör riktningen, i manegen.

Chefindivider kan tyckas ha allt under kontroll, utan att ha koll. Därför kunde du fortsätta arbeta i de små sammanhangen, långt från de stora arenorna där tuppfäktningen pågick. Utan att behöva konfrontera svåra typer, nyheterna i grafiken, internet, fortsätter livet större. Konfrontationer kan hanteras, alternativt väljas bort. Kärleken inom är inte längre någon hemlighet. Kärleken är ett läkemedel, visste du? Precis som goda ledare, just såsom tydliga pedagogiken är hälsa, får själen hela sig, i harmoni efter visdomen. Goda råd är dyra, sägs det. Inte nu för tiden, nu säljer vi allt som inte kan säljas, och det som kan ha högre värde är förbisett.

Du fortsätter att arbeta i det omslutna, möter tacksamhet, träffar människor, gediget, nära, och ser att livet har en mening, ett innehåll. Vad du helst av allt längtar, det där delikata åkerbäret som du får gå långt för att finna bland tuvorna på myren, kommer du förr eller senare att stöta på. Då har du chansen.
En lyckoklöver. Underbart är kort, devisen i visan. Ingen idé att bli trumpen. Service lär dig massor om livet. Kärnkraften kräver kylvatten i systemet. Kedjereaktionerna kan överhetta annars. Batteriservice kompletterar däckbyten på bilen, den begagnade som står i tryggt förvar får vila till våren, efter att du har lyckats betala hela reparationen.
Allt ditt arbete har ett värde för något.

Så mycket bättre.
Livet blir pinsamt, när vi inte fattar taget, det hela. Ett livtag.
"Hela livet är pinsamt", just så, sade hon, tonåringen, med den oförvitliga glimten i ögat.
En glimt av ljus, för alltid.

Tavlor – tillvaro

Livet är konst.
Konstnären sade att han var bipolär, manodepressiv.
Han behövde dämpa svallvågorna inom sig. Tavlorna var fint
detaljerade, förutom att de saknade kruset på vattenytan.
Obetydliga livlösa penseldrag över vattnet.
Han beskriver hur svårt det var att avbilda vatten under behandling
med läkemedel. Tomt. Det var 2013.

Hälsa.
Parallellteorin, filosofin enligt Spinoza, innebär att fysiska och
psykiska förlopp är parallella. I modern tolkning blir analog vs.
digital komplementära. E-hälsa, rådgivare, terapeuter online
skapar vidare förutsättningar för behandlingar av psykisk ohälsa,
har studier visat. Mot det enligt WHO är hälsan en (1) helhet,
uniform också enligt Pythagoras som gav det namnet monad
liksom en egen dimension, det goda, där fysiskt och psykiskt
verkligen är odelbart sammanlänkade. Allt vårt kroppsliga
inkännande, proprioceptionen och övriga sinnen, kommunicerar
med själen. Psyke och soma, själ och kropp, påverkar varandra till
en helhet, som blir unik i var och en.
Lika eller olika. E´ de´ pinsamt?

Du undrar kanske, över alliterationerna, rubrikerna i
kapitelindelningen i Din story, men inte Jag.

Stranden. Böljor.
Färger. Former
Måsar flyger, någon bortom de andra,
undrande över horisonten, solljus obefläckat strålande.
Något moln skuggar, drar förbi, korsar konturerna från färjorna
som kör enligt tidtabellen. Skepparlärlingen svettas, ställer fram
vatten, dukar upp buffet.
Barnen förbereder nästa skoldag, imorgon. BRIS
Kupade händer, fyller med vatten, tvättar ansiktet.
Ljummet. På nytt, igen.

Bris. Tallkronorna bildar fläktande solfjäder bakom dig, över huvudet där du sitter på en sten.
Vass.
Du drömmer. Andas.
Du drömmer, minns.
Längtar igen.
Något fattas.

I kruset på vattenytan, svallvågorna från nyss, färjan är bortom.

Det är snart kväll, förberedd att köra upp igen, samma som förra helgen, och helgen innan. Din övriga familj så nära. Ändå väljer du att låta dem hållas med sitt, ännu en tid, för barnen. De ser varann nästan dagligen, nära. Ju fler kockar desto sämre soppa.

Deras relationer får förbli intakta.
Barnens värld blir okomplicerad, sundare på så vis.

Du reser dig upp, borstar sanden av byxorna efter en generöst livlig dag, igen, får igång bilen, som nu är fulltankad för att du skall klara dig precis till nästa dags skift, på annan plats, timmar senare.
Du kör iväg, arbetar, på liknande sätt som för många kärnfamiljer även när de lever synergistiskt för något positivt i samförstånd.

Arbetet är mer än lönen.
Livet är mer än arbetet.
Rikedomen bär du alltid med dig, inom.
Längtan. Du andas.

Du är på väg till något. I tid och rum finns det där redan.
Något fattas, bredvid, någon, men inte inom

Inspiration...

Epilogue

Quand j'en ai cent je vous en donnerai la moitié.
Quand je sentirai votre amour vous auriez tout,
encore je suis submergé par tout ce que vous avez donné

Till Du

Som jag inte kan glömma, inte vill glömma,
bara kan älska, vill älska